KB042792

300점 엄마의 빵점 육아

300점 엄마의 빵점 육아

초 판 1쇄 2023년 08월 28일

지은이 조동임
펴낸이 류종렬

펴낸곳 미다스북스
본부장 임종익
편집장 이다경
책임진행 김가영, 신은서, 박유진, 윤가희, 정보미

등록 2001년 3월 21일 제2001-000040호
주소 서울시 마포구 양화로 133 서교타워 711호
전화 02) 322-7802~3
팩스 02) 6007-1845
블로그 http://blog.naver.com/midasbooks
전자주소 midasbooks@hanmail.net
페이스북 https://www.facebook.com/midasbooks425
인스타그램 https://www.instagram/midasbooks

ISBN 979-11-6910-319-0 03810

값 17,000원

미다스북스는 다음세대에게 필요한 지혜와 교양을 생각합니다.

욕심 많았던

엄마의

개과천선

육아 이야기

조동임

지음

300점 엄마의
빵점 육아

300점 엄마와 함께 빵점 육아의
달인이 되어보실래요?

"사교육 없이 아이들을 키웠다는 것이 사실인가요?"

"아이들에게 노는 것도 중요하지만 불안하잖아요. 다른 아이들에 비해 뒤떨어지면 어떻게 해요. 1등은 못 해도 중간은 가야죠."

사람들은 믿지 못한다는 눈빛으로 나에게 질문을 하곤 한다. 의심의 눈초리로 바라보며 본인이 예상하는 답이 나오길 바란다. 이런 질문을 수없이 많이 들었지만 나는 당당하게 이야기할 수 있다.

"네. 사교육 없이 아이들을 키웠어요."

"학원에 다니며 공부하는 것도 중요하겠지만 저는 경험이 더 중요하다는 결론을 내렸거든요. 제 생각에는 지금도 변함이 없답니다."

공부보다 경험이 더 중요하다니! 이곳은 입시 위주의 경쟁 구도를 가지고 있는 한국이다. 이런 한국에서 아이들을 키우고 있는 엄마의 대답으로는 어울리지 않는 대답일 수 있다. 공부보다 경험을 통해 배울 것이 많다고 이야기하는 엄마. '최고의 교육은 경험.'이라며 떠들고 다니는 엄마. 내가 바로 그렇게 이야기하고 있는 엄마이다. 나도 처음부터 이러한 교육관을 가지고 있던 것은 아니다. 누구보다도 욕심 많았고, 누구의 말도 귀담아듣지 않는 고집쟁이에 폭군이었다. 아이를 낳고 엄마라는 이름을 갖게 되면서 나의 잘못된 욕심은 커져만 갔다.

입시학원과 학교에서 아이들을 가르쳤던 나는, 공부 잘하는 아이들을 매일 만났다. 공부 잘하는 아이들을 보며 내 아이도 공부를 잘했으면 좋겠다는 생각을 자주 했다. 어떻게 해야 하는 건지 방법을 알고 있던 나에게 공부 잘하는 아이로 만드는 것은 그리 어려운 일이 아니라 확신했다. 태교부터 유난을 떨었으며, 자녀 교육서를 수없이 읽었다. 부모 교육이 있는 곳이라면 어디든 찾아 다녔다. 공부 잘하는 아이로 키울 수만 있다면 나의 피곤함 따위는 중요하지 않았다.

나는 이 세상 최고의 엄마가 되고 싶었다. '최고 엄마는 공부 잘하는 아이로 만드는 것.'이라는 나만의 원칙이 생겼다. 똑똑한 아이, 공부 잘하는 아이, 항상 앞서가는 아이. 이것 외에 중요한 것은 없었다. 이 모든 것은 아이를 위한 것으로 생각했다. 잘못된 욕심으로 가득 차 있었던 엄마였음을 인정한다.

인생은 생각대로 흘러가지 않는다. 내가 생각한 나의 인생 스토리에는 불행함은 없었다. 2011년 하얀 눈이 펑펑 내리던 겨울, 아픈 셋째 아이를 안으며 불행이라는 단어를 처음 떠올렸다. 희귀 난치 질환을 가지고 태어난 아기, 시력이 없는 아이, 몸 구석구석에 여러 가지 문제가 있는 아기. 2kg의 작은 아기를 안고 모든 것을 원망하며 피눈물을 토해냈던 그때, 나는 세상에서 가장 불행한 엄마였다.

아픈 아이를 키운다는 것이 쉬운 일은 아니었다. 최악의 말을 쏟아내는 의사 선생님들 앞에서 내가 할 수 있는 일은 아무것도 없었다. 아이를 위해 내가 할 수 있는 일이라고는 그저…. 피 섞인 눈물을 토해내는 것뿐이었다. 어떤 노력을 해도 아이의 아픔 앞에서는 담대해질 수 없었다. 아무리 노력해도 달라지지 않는 아이의 상태를 보며 못된 생각을 한 적도 있다. 어떤 말로도 형언할 수 없는 아픔에 좌절했다. 나는 그저 나약하고 못난 엄마였을 뿐이다.

　사랑하는 두 아이는 할머니 댁으로 보내졌다. 남편은 병원비를 만들기 위해 쉴 새 없이 일했다. 그때, 우리 가족의 소원은 한 가지. '가족이 함께 사는 것'이었다. 우리는 알고 있다. 당연한 것은 세상 어디에도 없다는 것을…. 가족과 함께 사는 것, 이야기를 나누며 저녁 식사를 함께하는 것, 이 모두가 감사한 일이고 기적이라는 것을 알게 되었다.

　셋째를 낳고 키우며 나는 달라졌다. 나의 잘못된 욕심을 버렸다. 중요한 것이 무엇인지 알게 되었다. 잔소리 대신 대화를 선택했고, 아이들의 마음을 들여다보는 엄마가 되기 위해 노력했다. 아이를 잘 키운다는 것은 공부가 아님을 확실하게 깨달았다. 아픈 셋째가 불행이라 생각했지만, 축복이었던 것이다.

　우리나라의 모든 엄마는 아이를 잘 키우고 싶어 한다. 아이를 잘 키우는 것이 무엇인지 고민도 하지 않은 채 공부 잘하는 아이로 키우는 것이 정답이라 생각한다. 이러한 이유로 사교육에 매달리게 되고 아이들의 마음보다는 성적에 연연하게 된다. 나 역시 그런 엄마였다.

　하나부터 열까지 챙겨주며 아이를 놓지 못하는 엄마의 모습이 백 점 육아라 생각할 것이다. 하지만 이것은 백 점 육아가 아니다. 아이들의 선택을 존중해 주는 육아, 아이들이 자연 속에서 뛰놀며 많은 것을 경험할 수 있게 하는 육아, 나의 욕심을 채우기보다 아이들의 마음을 알아주는 육아. 조급함보다는 게으름을 선택하고 한 걸음 뒤에 물러나 아이들을 응원해 주는 육아. 겉으로 볼 때 아이들에게 관심 없어 보이는 빵점짜리 육아가 진정한 백 점 육아이다. 이런 생각을 처음부터 했다면 얼마나 좋았을까?

겉으로 볼 때 빵점으로 보이는 육아가 진정한 백 점 육아라는 것을 많은 시행착오를 통해 깨달았다. 피눈물을 쏟아내며 아픈 아이를 키우고 얻게 된 결과이다. 아픈 경험을 통해 깨닫게 된 소중한 결과물을 많은 엄마와 나누고 싶다. 아이를 잘 키운다는 것이 무엇인지 알고 싶은 엄마. 아이와 함께 성장하고 싶은 엄마. 모두가 행복한 육아를 하고 싶은 엄마. 아이를 독립적으로 키우고 싶은 엄마. 이 세상 모든 엄마에게 도움이 되길 바라본다.

시행착오와 불안함을 없애고 아이들을 행복하고 독립적으로 키울 수 있는 빵점 육아의 달인이 바로 당신이 될 수 있기를…. 좋은 엄마라는 기준에 맞추기보다 아이와 함께 성장하는 멋진 엄마가 될 수 있기를 진심으로 바라본다.

17년 육아 경력으로 깨닫게 된 모든 것을 담은 나의 책이 누군가에게 도움이 되고 위로가 되는 순간. 그 순간이 바로 이 책이 가장 빛나는 순간이 될 것이다.

2장   **육아관을 완전히 바꿔버린 아이가 탄생하다**

1장

이렇게

키우는 것이

정답인 줄

알았다

'최고 엄마'를 꿈꾸다

태교는 영재를 만들기 위해 하는 것이 아니라 새로운 생명이 자라고 있는 자기 몸 자체를 사랑하고 감사하는 마음으로 하는 것이다. 나는 첫 아이를 임신하고 이 세상 최고 엄마가 되고 싶었다. 아이를 똑똑하고 공부 잘하는 아이로 키우는 것, 이것이 고민 끝에 내가 정의한 최고 엄마였다. 나는 공부 잘하는 아이로 키우기 위한 중요한 첫 단계가 태교라 생각했다. 무조건 똑똑한 아이로 키우고 싶었다. 임신 사실을 알게 된 그 순간부터 공부 잘하는 아이, 똑똑한 아이로 만들겠다는 생각뿐이었다.

초보 엄마인지라 아는 것은 하나도 없었다. 도서관에 가서 '영재로 키우는 방법'에 관한 책을 빌려왔다. 읽고 또 읽었다. 배 속 태아의 뇌 발달에 좋다기에 나와는 어울리지 않는 클래식을 섭렵했다. 음악을 듣는 것에만 만족하지 않았다. 그 음악을 작곡한 음악가의 이야기, 역사적인 상황, 모든 것을 통합적으로 읽고 공부했다. 그 당시 클래식을 얼마나 많이 들었는지 지금도 멜로디와 작곡가, 작품 이름까지 기억하고 있다. 내 평생 이렇게 클래식 공부를 했던 적이 있었을까? 라는 생각이 들 정도로 매 순간 클래식과 함께했다. 이것뿐만 아니다. 기억도 잘 나지 않는 동요를 쥐어짜서 불러주기도 했다.

영어 교육을 위해 알아듣지도 못하는 미국 드라마를 보고, 그림 동화책을 매일 읽었다. 태아의 EQ 발달에 좋다기에 스케치북을 사서 여러 가지 그림을 그리고, 다양한 색으로 칠해보기도 했다. 손재주가 없던 나였던지라 그때 그린 그림을 보면 지금도 웃음이 난다. 그야말로 엉망진창인 그림이다. 나는 IQ와 EQ, 모두 완벽한 아이를 만들기 위해 열심히 그림을 그렸다. 아빠의 목소리가 안정감을 준다기에 매일 밤 신랑에게 책을 읽어주라고 얘기하고 하루라도 빠지는 날이 있으면 불같이 화를 냈다.

출산 직전까지 아이들을 가르치는 일도 계속했다. 내가 일을 하고 싶어서 한 것은 아니다. 엄마가 공부하면 아이도 똑똑하다는 말을 주워들었기 때문에 나의 육체적 피곤함을 감수했다. 그때 나는 똑똑한 아이를 위해서라면 못 할 것이 없었던 유난스러운 엄마임을 인정한다.

유난을 떨어서일까? 첫째 아이는 또래보다 모든 것이 빨랐다. 운동 발달이 빠르면 똑똑한 것이라는 이야기를 들을 때마다 어깨가 으쓱했다. 돌 전에 걷고 뛰고, 한글도 남들보다 빨리 깨쳤다. 한글뿐만 아니라 한자도 줄줄 외우기 시작했다. 또래에 맞지 않는 위 단계의 책을 읽는 모습을 볼 때마다 흐뭇한 미소가 지어졌다. 모든 엄마가 내 새끼는 특별하다고 생각하듯 나 역시 우리 아이는 아주 특별한 아이라 생각했다.

'이 아이가 정말 영재라면 어떡하지?' 기분 좋은 상상을 하며 영재 교육원에 영재 시험을 접수했다. 상위 2%라는 결과지를 영재 교육원으로부터 받았다. 세상 최고의 엄마가 된 것 같아 날아갈 듯 기뻤다. 나의 노력에 보상받는 것 같아 뿌듯했다. 태교부터 시작된 나의 유난스러움이 틀린 것이 아님을 확신했다. 그때부터였을까? 나는 세상 최고 엄마는 아이를 똑똑하게 만들어 내는 것이라고 확신했던 것 같다. 이런 의미에서 첫째 아이는 나를 이 세상 최고 엄마로 만들어 준 귀한 존재이다.

큰아이를 키우면서 육아에 자신감이 생긴 나는 자연스럽게 둘째 욕심이 났다. 그런 나에게 선물이 찾아오듯, 생생한 꿈을 꾸었다. 아주 커다란 용이 머리 위에서 빙빙 돌고 있었다. 머리를 들어 하늘을 돌고 있는 용을 바라보았다. 어둑어둑한 하늘에 어마어마한 크기의 용이 연기를 뿜으며 돌고 있었다. 그때, 하늘을 빙빙 돌던 용이 갑자기 내 쪽으로 날아오기 시작했다. 무서움보다 신기함에 빠져 있을 때 그 용은 나의 몸속으로 훅~ 들어왔다. 참 이상한 꿈이었다. 이유야 어찌 되었든 용꿈은 좋은 것 아닌가? 복권을 사야 하는 건지 고민하고 있던 그때 알게 되었다. 연년생으로 둘째가 우리에게 찾아왔음을….

태몽이 용꿈이라니! 역사책을 읽어보면 거의 모든 왕의 태몽이 용꿈이었다. 그렇다면 우리 둘째도? 심상치 않은 녀석이 태어날 것임을 확신했다. 세상 최고 엄마가 되고 싶은 나와 용꿈을 태몽으로 갖고 태어나는 아이는 환상의 궁합이 아닐 수 없다고 생각했다. 아이를 만날 날을 손꼽아 기다리며 유난스러운 태교와 육아는 더 열정적으로 다시 시작되었다.

아장아장 걷는 첫째 아이를 데리고 박물관을 돌아다녔다. 오고 가는 길은 임산부인 나에게 쉽지 않았다. 하지만 나는 많은 것을 보여주고 가르쳐 주고 싶었다. 시간이 날 때마다 피아노를 치며 노래를 불러주었다.

아름다운 음악 소리와 엄마의 목소리를 들려주기 위함이었다. 알아듣지도 못하는 미국 드라마를 또 찾아보기 시작했다. 도서관을 내 집 삼아 다니며 책 태교도 시작했다. 대단한 녀석이 태어날 것으로 생각했기 때문에 나의 힘듦 따위는 생각하지 않았다.

둘째 아이가 태어났다. 분명 이 녀석은 심상치 않았다. 태몽이 용꿈이었던지라 아들일 것이라 확신했는데 딸아이였다. 조금 서운했던 것은 사실이다. 하지만 성별은 나에게 중요하지 않았다. 태몽으로 용꿈을 꾼 아이라는 사실 하나만으로도 만족스러웠다. 태몽만으로도 나의 어깨를 으쓱하게 만들어 준 고마운 아이였다. 똑똑하게 만들어 낼 수 있다면 무엇이든 할 수 있는 엄마와 용꿈을 태몽으로 가진 둘째. 더 이상 무슨 말이 필요할까?

둘째는 생김새와 성격, 모든 것이 첫째와 달랐다. 머리숱이 없었던 첫째, 새까만 머리카락만 보이던 둘째. 하얀 피부의 첫째, 까무잡잡한 둘째, 예민하고 잠이 없던 첫째, 잠만 자는 둘째. 잘 웃지 않았던 첫째, 방실방실 잘 웃는 둘째. 정해진 규칙에 잘 따라가는 첫째, 자유로운 영혼의 둘째. 둘째는 배만 고프지 않다면 우는 일도 거의 없었다. 둘째는 첫째와는 다르게 고집도 셌다. 내가 하라는 대로 따라오는 녀석이 아니었다. 나는 세상의 지식과 공부에 필요한 것들을 가르쳐 주고 싶은 마음뿐이었다. 첫째 아이 때 겪은 시행착오를 바탕으로 더 완벽한 교육을 할 수 있었는데 이 녀석이 따라와 주지 않았다. 세상 최고 엄마는 똑똑한 아이, 공부 잘하는 아이로 키우는 것이라 확신했던 나에게 반기를 든 녀석이었다. 아이들의 타고난 성향이나 성격 따위에는 관심 없었다. 엄마가 만들어 내면 그만이라 생각했다. 그때 나는 아이들의 다름을 인정하지 못했다. 무조건 공부만 잘하면 된다고 확신했다. 엄마는 이런 아이로 만들어 내야만 세상 최고 엄마가 되는 것으로 생각했다. 내 생각은 과연 옳았던 것일까?

임신 사실을 알게 된 이후부터 시작된 극성맞고 유난스러운 엄마였던 나. 아이들을 위해서라는 핑계를 대며 결국엔 나의 욕심을 채우기 위함이었던 것 같다. 다른 사람들의 시선을 의식하고, 사람들에게 공부 잘하는 내 아이를 자랑하고 싶었던 것은 아닐까?

'아이를 잘 키운다는 것은 똑똑한 아이로 키우는 것', '세상 최고 엄마는 공부 잘하는 아이로 키우는 것', '용 태몽=대단한 아이=공부 잘하는 아이' 이런 이상한 법칙이 내 머릿속에서 나왔다는 것이 지금은 그저 신기할 뿐이다. 잘못된 생각과 욕심으로 가득 차 있었던 그때의 나를 반성

한다.

첫째와 닮은 구석이 없고 여전히 심상치 않은 용 태몽을 갖고 태어난 둘째는 나에게 많은 깨달음을 선물해 준 귀한 녀석이다.

2

육아의 달인이 아닌 육아의 허당

오래전 어느 개그 프로그램에서 많은 인기를 얻었던 〈달인〉이라는 코너가 있었다. 달인으로 나오는 주인공은 본인이 그 분야에서 굉장한 달인이라고 으스댄다. 하지만, 달인은커녕 허당 중에 허당으로 밝혀지며 큰 웃음을 주었던 코너이다. 그 프로그램의 주인공(달인)을 보며 나는 나의 과거 모습을 떠올리고는 한다. 개그 프로그램 속의 주인공처럼 달인이라고 자부했지만, 알고 보니 허당 중에 허당이었던 나였다. 아이를 무조건 똑똑하게 키우는 것이 목표였고 그렇게 해야만 육아의 달인이 되는 것으로 생각했다. 육아의 달인이 될 수 있다면 못 할 것은 없었다. 육아의 달인을 꿈꾸며 잘못된 길을 가고 있었던 내 모습을 떠올리면 죄책감이 든다. 지금에 와서 생각해 보면, 개그 프로그램의 달인보다 육아의 달인이라고 자부했던 내가 더 우스웠던 것 같다.

태교부터 유난을 떨었던 나는, 아이들이 커가면서 더더욱 유난스러워졌다. 모든 것이 다 빨랐던 첫째 아이와 용꿈을 꾸고 태어난 둘째 아이 덕분에 육아의 달인을 꿈꾸기 시작했다. 어떤 분야에서 달인이 된다는 것은 쉬운 일은 아닐 것이다. 하지만, 그때는 자신 있었다. 아이들을 잘 키워서 육아의 달인이 되겠다는 강한 의지가 있었기 때문이다.

평균 발달 속도보다 아이들이 더디게 발달하는 것은 꿈에도 생각해 본 적 없다. 돌이 되기 전에 걸어야 하고, 네 살이 되기 전에 한글을 읽고 완벽하게 쓸 줄 알아야 하며 7살이 되기 전에 구구단과 한자를 익혀야 한다고 생각했다. 열한 살이 되기 전에는 엄청난 수준의 책을 읽을 줄 알아야 하며, 심화 수학 문제 정도는 거뜬히 풀 수 있어야 한다고 생각했다. 우리 아이보다 빠르고, 똑똑해 보이는 아이를 보면 자존심이 상했다. 화가 났다. 육아의 달인인 나의 아이들은 항상 꼭대기 위에 있어야 한다고 생각했다.

또래보다 모든 것이 빨랐던 첫째 아이는 나를 육아의 달인임을 증명시켜 준 아이이다. 또래보다 빠른 첫째를 볼 때마다 흐뭇했다. 육아의 달인이 별것인가? 아이가 빠르고, 똑똑하게 자라게 된다면 육아의 달인 아니겠는가? 한글을 깨친 네 살짜리 첫째 아이를 데리고 영재 교육원에 갔다. 내가 육아의 달인이라는 것을 확인받고 싶었기 때문일 것이다.

"상위 2%에 드는 영재입니다. 언어영역이 가장 높게 나왔어요. 언어영역은 또래보다 훨씬 수준이 높습니다."

"하루라도 빨리 등록하셔서 아이의 수준에 맞는 교육을 받을 수 있게 하시죠? 아이의 수준이 높아서 그 수준에 맞추어 공부해야 합니다."

"수준에 맞는 교육이 들어간다면 엄청난 영재, 인재가 될 것입니다."

결과지를 보며 설명해 주는 선생님들의 말을 듣고 어깨가 으쓱해졌다. '그래. 나는 아이를 영재로 키운 육아의 달인이야!' 결과적으로 영재 교육원에 등록은 하지 않았다. 아니, 할 수 없었다. 형편이 넉넉하지 못했던 결혼 초였던지라 영재 교육원의 등록비는 감당하기 어려운 수준의 학비였기 때문이다. 결과지를 받아 들고 나오며 많이도 속상했다. 내가 육아의 달인이면 무엇 하겠는가? 형편이 따라주지 않아 영재로 키울 수 없는 현실인 것을…. 그때, 나는 남편을 많이 원망했던 것 같다. 경제적인 지원이 없다면 육아의 달인이 될 수 없다는 생각에 괴로웠다.

학습적인 면만 강조한 것은 아니다. 책을 잘 읽는 아이로 키우고 싶었기에 TV를 없애고 책으로 가득 채웠다. 독서가 중요하다는 것은 누구나 알고 있는 사실 아닌가? 다행스러운 것은 나와 남편은 책 읽기를 좋아했다. 학창 시절부터 지금까지 책을 항상 가까이에 두고 있었다. 그런 이유로 책을 사들이는 것에는 돈을 아끼지 않았다. 아이들에게 맞는 단계의 책부터 위 단계의 책까지 빼곡하게 꽂아놓은 책장을 볼 때마다 흐뭇했다. 책을 잘 읽는 첫째 아이를 볼 때마다 육아의 달인임이 증명되는 것 같아 더없이 행복했다.

독해력과 이해력을 높이기 위해 한자도 가르쳤다. 엄청난 양의 한자를 외우며 힘들어했던 여섯 살 첫째 아이의 모습이 눈에 선하다. 이 모든 것이 너를 위한 일이라고 다그치며 무조건 외우게 했다. 한자 급수 시험에 탈락하는 날에는 머리끝까지 화가 치밀어 올랐다. 육아의 달인이라는 이름 앞에서 엄마인 나는 어느새 괴물이 되어갔다.

둘째 아이에게도 육아의 달인이었던 나의 교육은 계속되었다. 나의 바람과는 달리, 둘째 아이는 달랐다. 또래 아이들보다 빠른 발달의 모습은 보여주지 않았고, 그저 순하디 순한 아이일 뿐이었다. 키와 몸무게는 상위 1%였지만 내가 바라던 영재성은 보이지 않았다. 공부보다는 놀이터에 나가 늦도록 노는 것을 좋아했다. 책보다는 춤을 추고 노래 부르는 것을 좋아했다. 남들보다 빠르고, 똑똑하게 키워야 한다고 생각한 육아의 달인이었던 나에게는 이해가 되지 않을 때가 많았던 아이였다.

책 한 권 읽는 것을 힘들어하는 둘째 아이를 볼 때마다 내 안에 괴물은 어김없이 나타났다. 책을 집어 던지며 악다구니를 쏟아 냈다. 육아 달인의 자식은 이러면 안 되는 것이다. 내 자식이지만 둘째가 미웠다. 달인이라는 이름에 흠집을 낼 것만 같아 초조했다. 하기 싫다고 울고 있는 아이를 억지로 책상에 앉히고, 문제집을 던졌다.

"엄마가 하라는 대로 하고 별 표시 있는 페이지까지 다 해!"

엄마가 무서워 큰 소리로 울지도 못했던 둘째 아이 어깨의 흐느낌이 아직도 전해지는 것 같아 마음이 아프다. 또래보다 빠르거나 책을 많이 좋아하지는 않지만, 마음이 참 예뻤던 둘째였다. 무뚝뚝했던 첫째와는 다르게 애교도 많고 웃음도 많은 아이였다. 이 세상에서 엄마가 제일 좋다며 애정 표현도 적극적이었던 아이였다. 엄마랑 이야기하는 것을 좋아

해서 졸졸 쫓아다니며 재잘재잘 이야기도 잘했던 아이였다. 육아의 달인이었던 그 시절의 나는 애교 많고 사랑스러운 둘째 아이의 모습이 보이지 않았다. 육아의 달인에게는 그런 모습은 필요하지 않았기 때문이다.

글쓰기를 시작하면서 나는 육아의 달인이 아니라 욕심쟁이 엄마였다는 것을 알았다. 아이들의 순수했던 모습을 보지 못하며 내가 생각하는 것이 정답이라 착각했던 나쁜 엄마였다는 것도 인정하게 되었다. 육아의 달인이 아닌 육아의 허당이 과거 내 모습이다. 달인임을 자랑하며 웃음을 주었던 개그 프로그램 속 〈달인〉 김병만 선생처럼 육아의 달인이라 자부했던 육아 달인 조동임 선생은 고수를 가장한 허영심 가득한 엄마였다.

고집쟁이 엄마, 눈치 보는 아이들

오래된 사진첩에 나의 모습을 보면, 입이 쭉 나온 사진이 유난히 많다. 잔뜩 화가 난 표정으로 퉁퉁 부어 있는 사진이다. 나는 어릴 적부터 유난히 고집이 셌다. 외동딸로 자라서였는지 타고난 성향 때문인지는 잘 모르겠다. 가지고 싶은 것은 지금 당장 가져야만 했고, 하고 싶은 것도 당장 해야만 했다. 먹고 싶은 음식이 있으면 꼭 먹어야만 했다. 내 생각과 다른 이야기를 하는 것은 용납하지 못했다. 무조건 내 생각대로 해야 했다. 고집 센 어린 나를 보며 친정엄마는 두 손, 두 발을 다 들었다고 하니 그야말로 왕고집이었던 나였다.

　이런 왕고집 엄마가 되었다. 어른이 되고 아이를 낳아 엄마가 되었으면 고집이 사라질 만도 하지만 나의 왕고집은 사라지지 않았다. 아니, 더욱더 고집이 세졌다고 표현하는 것이 맞는 것 같다. 나의 아이들, 나의 분신들, 내 배 속으로 낳은 자식이었기 때문에 무조건 내 생각이 옳다고 믿었다. 그 믿음이 고집과 콜라보를 이루었으니, 아무도 말리지 못할 최강 똥고집이 생겨난 것이다.

　둘째가 태어나고 시부모님과 함께 살던 적이 있다. 연년생 어린아이 둘을 키워야 하는 상황이었다. 시어머니와 함께 살면 많은 도움을 받을 거라고 생각했다. 물론, 많은 도움을 받았지만, 아이의 양육에 있어서 부딪히는 일도 많았다.

　"연년생 딸들이니 똑같은 옷을 입혀도 예쁠 것 같구나."

　"어머니. 저는 쌍둥이처럼 옷을 입히는 것은 싫어요!"

　"머리는 이렇게 묶어주고, 치마도 입히면 예쁠 것 같네."

　"치마는 아이들 활동하는 데 불편해요. 그리고 스타킹 입히기도 힘들고요."

아들만 둘을 키운 시어머니에게 손녀는 참으로 예뻤을 것이다. 만화 속 주인공처럼 예쁘게 치장해 주고 싶었을 어머니의 마음을 헤아리지 못했다. 그때는 아이들을 향한 어머니의 관심과 사랑이 보이지 않았다. 아니, 보고 싶지 않았다. 시어머니의 마음을 헤아리기보다 '나의 것'인 아이들의 일상에 참견한다는 마음이 더 컸던 것 같다. 나는 아이들에 대한 소유욕이 강했다. 아이들은 무조건 내 것이었다. 내 것이기 때문에 내 입맛대로 하고 싶었다. 나의 아이들에게 참견하는 것이 싫었다. 아이들의 일에 관해서는 머리끝부터 발끝까지 모두 다 내 생각과 계획대로 해야만 했다. 상대가 누구였든 아이들을 향한 참견과 의견은 인정하지 않았다.

"아직 어린아이인데 이렇게 어려운 공부를 시켜야 하니?"

"아버님. 지금도 늦었어요. 절대 빠른 것이 아니에요."

"우리 때는 다 뛰어놀았어. 그래도 다들 잘 자랐고. 어릴 때는 자연 속에서 뛰어노는 것이 최고 아니겠니?"

"어휴…. 그건 옛날 얘기죠. 지금 뛰어노는 아이들이 어디 있어요?"

나의 유난스러움을 지적하는 시아버님의 잔소리가 듣기 싫었다. 아이들을 잘 키우기 위한 노력은 봐주지 않고, 옛날 사람과 비교하는 것이 자존심 상했다.

친정집에서도 내 모습은 변함없었다. 친정집에 가면 아빠는 항상 두 아이의 손을 잡고 마트로 향하신다. 마트를 통째로 사서라도 손녀들이 원하는 건 다 사주고 싶었던 외할아버지의 마음이었을 것이다. 아이들은 유난스러운 엄마 때문에 먹지 못했던 과자와 초콜릿을 손에 쥐었다. 세상 다 가진 표정으로 할아버지를 보며 웃음 짓는 아이들이었다. 아이들이 손에 쥐고 있는 과자와 초콜릿은 내 기준에 적합하지 않았다. 나의 기준에 맞지 않는 과자들을 뺏기 시작했다. 아이들은 울상을 지으며 외할아버지를 쳐다본다.

"왜 아이들이 고른 과자를 뺏는 거야? 아이들이 이렇게 좋아하는데 너는 도대체 왜 그러는 거니?"

"아빠! 이렇게 단 음식을 많이 먹으면 충치 생겨요. 다 아이들을 위해서니까 뭐라고 하지 마세요."

"아빠 집에 올 때는 이러지 말거라. 외할아버지가 과자 좀 사주겠다는데 뭐가 문제니?"

"아뇨. 제 생각은 언제나 변함없어요. 그러니까 아빠도 제발 이런 과자 사주지 마세요!"

이런 나의 모습을 보고 아빠는 한숨을 쉬셨다. 나의 고집을 누구보다도 잘 알고 계셨기에 당신의 딸을 설득하려는 시도 따위는 하지 않으셨다. 친정집에 가면 아빠와 매번 부딪혔다. 아이들이 원하는 것을 사주려는 외할아버지, 절대로 사주지 못하게 하는 엄마. 팽팽하게 대립 중인 어른 둘 사이에서 아이들은 눈만 깜빡일 뿐이었다.

눈에 넣어도 아프지 않을 손녀들에게 무엇이든 다 사주고 싶었던 외할아버지의 사랑을 못 본 척했다. 그런 사랑은 잘못된 것으로 생각했기 때문이다. 나에게는 외할아버지의 사랑 표현이 중요하지 않았다. 내가 정해놓은 기준과 조건에 어긋나지 않는 것이 중요했다. 마트에서의 말다툼이 몇 번 반복된 이후 아이들은 외할아버지와 마트에 가도 과자를 고르지 않았다. 내 눈치를 살피며 과자를 집었다 놨다만 반복할 뿐이었다. 친정 아빠의 눈에는 어린 손녀들의 그런 모습이 안타까웠을 것이다.

왕고집이었던 나는 양쪽 어른들의 얘기를 듣는 법이 없었다. 어른들이 경험으로 알아낸 삶의 지혜가 담겨 있는 이야기임을 인정하지 않았다. 그저 옛날 이야기라고, 지금은 세상이 바뀌었다고 고집을 부릴 뿐이었다. 아이를 낳고 고집은 더 세져만 갔고 아무도 나를 말릴 수 없었다.

아이들은 나의 것이기 때문에 내 생각(고집)대로 키워야 한다고 확신했다. 고집 센 며느리, 딸이었기에 어느 순간 어른들도 더 이상 조언을 하지 않으셨다. 그것이 오히려 편하고 좋았다. 그때의 나는 어리석은 사람이었음을 뒤늦게 깨달았다.

나의 목소리는 시간이 지나면서 더더욱 커졌다. '나의 것'이라는 소유욕이 더 강해졌다. 덕분에 나의 목청은 하늘 높은 줄 모르고 커져만 갔다. 고집이 센 것도 모자라 목청까지 큰 나를 말릴 수 있는 사람은 우리집에 아무도 없었다. 특히 아이들에 관한 일이라면 남편도 나를 말릴 수 없었다. 내 목소리가 점점 커지고 있음을 인지하면 남편은 더 이상 말을 하지 않았다. 본인의 의견을 제시하지도 못했다. 의견을 제시하면 아빠 노릇을 제대로 하지 않았다는 핀잔만 들을 것이 뻔했기 때문이다. 남편도 아이들과 함께하고 싶었을 거로 생각한다. 다른 집의 아빠들처럼 함께 놀아주고 시간을 갖고 싶다는 생각이 가득했을 것이다. 상황이 여의찮아 그렇게 하지 못했던 것뿐인데 그 마음을 알아주기는커녕 핀잔만 늘어놓으며 대장 노릇을 하는 내가 예쁘지만은 않았겠지….

"아이 한 명을 키우려면 온 마을이 필요하다."라는 말이 있지 않은가?

아이를 키울 때는 많은 사람의 관심과 애정, 조언이 필요하다는 것을 그때 알지 못했다. 아무리 잘난 엄마라 해도 절대 아이를 혼자 키울 수 없음을 몰랐다. 어른들의 이야기에는 내가 알 수 없는 귀한 경험들이 숨겨져 있다. 경험을 통해 얻은 지혜는 돈으로도 살 수 없는 것들이다. 이러한 귀한 지혜를 나누어 주고 사랑하는 손녀들을 위한 어른들의 얘기를 나의 고집으로 덮어 버렸다니! 300점 엄마는 사실 빵점 엄마였다.

무조건 말 잘 듣는 아이로 키우기

'어른 말을 들으면 자다가도 떡이 생긴다.'는 속담이 있다. 어른이 하라는 대로 하면 여러모로 도움이 된다는 뜻을 가진 속담이다. 분명 틀리지 않은 이야기이다. 나보다 인생 경험이 많은 어른들에게는 삶의 지혜가 있기 때문이다. 우리가 생각하지 못하는 부분까지 내다볼 수 있는 혜안이 어른들에게는 분명히 있다.

"어른들의 삶의 지혜를 배워라!"라는 뜻의 이 속담을 나는 나만의 방식으로 해석했다. 엄마 말을 잘 듣는 아이, 엄마 말대로 행동하는 아이,

엄마가 생각하라는 대로 생각하는 아이, 엄마 말에 언제나 "알겠습니다." 라고 답하는 아이. 나는 아이들에게 '엄마 말을 잘 들으면 자다가도 떡이 생기니, 무조건 엄마가 하라는 대로 해!'라는 식으로 앞의 속담을 잘못 해석했다.

잘못 해석했다는 인식도 없이, 매 순간 엄마 말을 잘 들어야 한다고 아이들에게 이야기하고 또 했다. 아이들이 본인의 의견을 제시할 때면 1초의 망설임도 없이 무시했다. 너의 선택은 틀렸다고, 엄마의 생각대로 해야 한다고 강요하고 또 강요했다.

"오늘 집에 너희들이 해야 할 일들을 책상 위 수첩에 적어놨으니, 순서대로 하면 돼."

"엄마, 오늘 친구랑 놀이터에서 놀기로 했는데 놀고 난 다음에 하면 안 돼?"

"안돼! 엄마한테 미리 이야기하지 않았잖아! 엄마가 하라는 대로 해!"

"이번 한 번만…. 응?"

"엄마가 안 된다고 했는데 왜 자꾸 묻는 거야? 그만 얘기해!"

우리 집에서 흔히 볼 수 있었던 아이들과의 대화이다. 아이들이 의견을 말하려고 하면 입을 막았다. 아이들에게 선택지는 주어지지 않았다. 무조건 엄마가 하라는 대로 해야만 했다.

나는 하루도 빠짐없이 오늘의 할 일을 수첩에 정리해 두고 그대로 진행할 것을 강요했다. 아이들이 시간 관리를 잘하는 사람이 되길 바라는 마음이 있었기 때문이다. 아이들 스스로 계획을 세운 것이 아니라 엄마가 대신 계획표를 적어 준 것이 도움은 되었을까? 수첩 한가득 시간을 쪼개어 쓰고 빼곡하게 적어둔 수첩을 보았을 때 아이들은 숨이 막혔을 것이다. 아이들의 자유 시간까지도 쉽게 허락하지 않았던 나였다. 엄마 말을 잘 듣는 아이들에게 자다가도 떡이 생길 만큼의 기쁨이 있었는지는 모르겠다.

'엄마 말을 잘 들으면 자다가도 떡이 생긴다'는 말을 나의 방식대로 해석했기 때문에 아이들은 본인의 생각을 이야기하는 경우가 없었다. 이야기해 봤자 엄마에게 철저히 무시당하리라는 것을 알고 있었기 때문이다.

"엄마 오늘은 무슨 옷을 입을까?"

"네가 입고 싶은 옷 가지고 와봐."

"나는 입고 싶은 옷 없어. 엄마가 골라줘."

"아니, 큰일도 아니고 옷 하나 고르는 걸 못 해?"

"몰라. 나는 모르겠어. 그냥 엄마가 입으라는 대로 입을 거야."

분명, 아이들은 입고 싶은 옷을 골라놓고 이 옷을 입고 가겠다고 나에게 이야기했던 적이 있었다. 그럴 때마다 내가 정해놓은 기준에 맞지 않는 옷을 골랐다는 이유로 아이들의 의견을 철저하게 무시했다. 이런 일이 반복되자 아이들은 더 이상 본인의 생각을 이야기하지 않았다. 아이들은 나 때문에 수동적인 아이들이 되었다.

'얘기하면 뭐 해? 어차피 엄마가 안 된다고 하고 엄마가 하라는 대로 하게 될 텐데….'

아이들의 머릿속에는 '우리 엄마는 자기 마음대로 하는 엄마'라고 인식되었던 것 같다. 아이들이 의견을 제시하면 "엄마 말을 잘 들으면 자다가도 떡이 생긴다고 했지?"라는 말도 안 되는 핑계를 대며 철저하게 무시하는 엄마. 아이들이 의견을 제시하지 않으면 이런 것까지 엄마가 해줘야 하냐고 잔소리하는 엄마. 이런 엄마 앞에서 아이들은 이러지도 저러지도 못한 채 눈치만 살필 뿐이었다.

엄마로서 철이 없었던 그 시절, 아이들은 무조건 내 생각을 따라야만 했다. 절대 원칙이었다. 엄마의 말을 잘 들어야만 자다가도 떡이 생기는 기쁨을 맛볼 수 있으니 말이다. 떡이 생긴다는 말로 아이들의 생각이나

의견은 묻지도 않던 나였다. 아이들은 많은 스트레스를 받았을 것이다. 엄마의 일방적인 생각과 행동 때문에 무언가를 하고 싶다는 의지가 생기지 않았으리라 생각한다. 엄마의 주장에 짓눌려 무기력해지고 생각하는 것조차 하지 않으려 했을 아이들. 엄마의 말에 반기를 들고 논리적인 말로 설득할 수 없었던 어린아이들이었기에 아무것도 할 수 없는 본인을 탓하며 자존감이 낮아졌으리라 생각된다. 엄마의 의견을 알 수 없을 때는 전전긍긍, 초조해하며 두근거리는 심장을 붙잡고 있었다는 것을 지금은 알 수 있다.

나는 아이들을 한없이 사랑했다. 하지만 절대 표현하는 일은 없었다. 마음으로만 사랑하는 것이 맞는다고 생각했다. '엄마 말을 잘 들으면 자다가도 떡이 생겨.'라는 말이 내 딴엔 사랑 표현이었다. 너희들을 사랑하기 때문에 떡이 생기는 기쁨을 맛볼 수 있게 해주는 거라며 앞뒤가 맞지 않는 말들을 쏟아 냈던 것 같다.

사랑한다면서 아이들의 의견이나 생각은 무시했던 나. 그런 엄마의 모습을 보며 눈치를 봤을 아이들. 우리 아이들은 내 말을 잘 듣는다고 자랑삼아 이야기하고 다녔던 과거의 내 모습을 생각하면 쥐구멍에 숨고 싶다. 자랑삼아 이야기하던 엄마의 모습을 보며 아이들은 어떤 생각을 했을까? 엄마의 말에 "아니오."라고 대답할 수 없었던 아이들은 웃음을 잃어갔다. 한없이 사랑했던 아이들에게 떡이 생기는 기쁨을 맛보게 하기는 커녕 기를 죽이고 눈치를 보게 만들었던 나는 못난 어미였다.

5

똑똑 박사와 빵점 엄마

심리학에 '헛똑똑이 오류(루딕 오류)'라는 이론이 있다. 수학 공식이나 실험과 같은 이론들이 현실 속에서도 똑같이 작용할 것이라고 믿는 편향을 말한다. 이러한 헛똑똑이들은 남의 말을 잘 듣지 않기 때문에 편향에 빠지기 쉽다. 또한 세상은 이론대로만 돌아가지 않는다는 것을 알지 못한다. 직접 경험해 봐야 알 수 있는 것을 자기만의 지식을 통해 합리화하며 맞다고 주장하는 헛똑똑이. 내가 바로 이런 헛똑똑이였다.

아이들이 태어나기 전부터 많은 육아서를 읽었다. 부모 교육이 열리는 곳이라면 어디라도 달려 나갔다. 책과 부모 교육을 통해 이론을 완벽하게 섭렵했다는 자신감이 있었다. 육아서를 읽고 부모 교육에 참여하면서 내 방식대로 해석하는 오류를 저질렀다. 문제는 여기서부터 시작됐다. 육아서를 쓴 저자와 부모 교육을 했던 강연자가 이야기한 핵심을 제대로 이해하지 못한 것이다. 아이를 잘 키운다는 것은 공부 잘하는 아이, 엄마 말 잘 듣는 아이로 만드는 것이라는 잘못된 내 이론을 철석같이 믿었던 나였다. 내 나름대로 해석하고 잘못된 이론을 만들어 현실에서도 똑같이 적용될 것이라고 확신했다. 어른들의 말을 듣지 않았고 남편의 조언도 무시했다. 나는 그야말로 '헛똑똑이 오류'에 빠진 사람이었다.

둘째 아이는 욕심이 많았다. 고집도 셌다. 항상 큰 아이와 공평하게 대해주었지만 둘째는 만족하지 못했다. 간식을 줄 때도 똑같은 개수로 나누어 주었다. 간식이 담긴 그릇을 번갈아 가며 쳐다보고는 언니 그릇에 간식이 더 많다며 짜증을 내는 일도 있었다.

"왜 언니 그릇에 담긴 딸기가 더 많아?"
"아니야. 엄마가 똑같이 나누어 준 거야."
"아닌데? 내가 보니까 언니가 더 많아!"

"그럼, 언니 그릇이랑 바꿔서 먹어."

"싫어. 내 그릇이 좋아. 그런데 언니 간식이 더 많잖아."

둘째는 말도 안 되는 이야기를 하며 고집을 부리고 골을 냈다. 이런 모습을 보던 첫째가 자신의 그릇에서 딸기를 꺼내 동생 그릇에 담아준다. 결국 둘째가 더 많은 양의 간식을 먹게 되는 상황이 펼쳐진다. 둘째는 항상 이런 식이었다. 간식뿐만 아니라 모든 일에 말도 안 되는 고집을 부렸다. 내가 무서운 눈초리로 "그만해!"라고 소리치면 엄마가 무서워 더 이상 고집을 부리지 못했지만, 이런 성향의 아이가 나는 힘들었다.

욕심 많은 둘째는 모든 것을 내가 해주어야만 불만이 없는 아이였다. 그리고 항상 내 옆에 있어야만 했다. 운동화 끈을 묶어주는 것도 엄마가, 숟가락을 줄 때도 엄마가, 옷을 꺼내주는 것도 엄마가, 신발을 꺼내주는 것도 엄마가. 아빠가 옆에 있음에도 "아빠 아니야. 엄마가, 엄마가 해줘."를 달고 살았다.

"나는 무조건 엄마 옆자리에 앉을 거야."

"왜 매일 너만 엄마 옆자리에 앉는 거야? 나도 엄마 옆자리가 좋아."

"싫어! 엄마 옆자리는 내 거야!"

"엄마가 왜 네 건데??"

"몰라! 엄마는 무조건 내 거야. 그래서 엄마 옆자리도 내 거야!"

식당에서 밥을 먹을 때도 둘째 아이의 엄마 사랑은 계속되었다. 둘째의 지독한 엄마 사랑 덕분에 큰아이는 항상 양보해야만 했다. 둘째는 엄마에 대한 집착이 심했다. 나는 아이들이 독립적으로 자라길 바랐다. 어떤 엄마보다도 노력을 많이 했다고 생각했는데 아이는 내 생각대로 자라주지 않았다. 육아에 관한 책도 많이 읽고, 육아 TV 프로그램도 많이 봤다. 그것들을 나만의 방법으로 해석해서 적용했는데 아이는 내 뜻대로 자라주질 않았다. 이론과 실제는 다르다는 것을 깨닫지 못하고 모든 탓을 아이에게 돌렸다.

둘째 아이의 고집과 마주할 때면 화가 머리끝까지 치밀어 올랐다. 육아에 대해 이것저것 알고, 많은 공부를 한 나에게 왜 이런 성향의 아이가 만들어진 것인지 알 수 없었다. 모든 것을 아이의 탓으로 돌렸다. 타고난 성향이 이런 아이라고, 나는 이렇게 키운 적 없는데 왜 이러는 건지 모르겠다며 아이의 성향을 탓했다. 똑똑한 엄마라 자부했던 나는 아무런 잘못이 없다고 확신했다. 아이의 행동을 아이 탓으로 돌려버리는 참으로 못난 어미였다.

내 허물은 보지 못하고, 아이를 잘 키우고 싶다는 생각 하나만을 가지고 똑똑하고 합리적으로 아이를 키웠다고 생각했다. 누구보다도 나는 똑똑한 엄마라 확신했다. 나의 생각이 맞는다고 합리화하기에 급급했다. 그때 아이의 마음은 들여다볼 생각조차 하지 않았다. 겉으로 보이는 모습이 나에게는 중요했기 때문이다. 아이가 왜 엄마에 대한 집착이 심한 것인지 본질적인 문제를 파악하려 하지도 않았다.

첫째와 달리 고집이 센 둘째 아이가 이해되지 않았을 뿐이다. 똑똑 박사 엄마인 나의 잘못이라도 들통 날까 조바심을 낼 뿐이었다. 아이의 정서와 감정이 겉으로 보이는 모습보다 더 중요했음을 몰랐던 나는 헛똑똑이였다. 이론 그대로 똑같이 적용하는 것이 아니라 아이들의 성향에 따라 육아 방법을 다르게 적용해야 했음을 몰랐다.

막무가내 고집과 욕심, 엄마에 대한 집착은 "나는 엄마의 사랑이 필요해요. 나를 안아주세요."라고 소리치고 있었던 둘째 아이의 울부짖음이었다는 것을 알지 못했던 못난 엄마였다. 어리고 약한 아이가 "엄마. 제발 도와주세요!", "나는 지금 너무 힘들어요."라고 SOS 신호를 보내고 있는 것도 몰랐다. 육아에 관해 모든 것을 알고 있다고 자부했던 똑똑 박사 엄마라는 것은 내 착각이었다. 자기 배 속에 품고 있다가 낳은 아이의 마음 하나 알아채지 못하고 그저 본인의 욕심만 채우려고 했던 나. 지금의 모습과는 전혀 다른 엄마였다.

엄마의 욕심은 화를 부른다

"욕심이 크면 그 욕심을 채우기 위한 욕심이 생긴다. 걱정이 심하면 병이 되며 병이 나면 정신이 흐려진다. 결국 욕심 때문에 육체도 정신도 성하지 못하게 되는 것이다." 한비자의 명언이다.

한비자가 말하는 욕심의 정의 말고도, 욕심에 관한 명언을 찾아보면 비슷한 이야기를 담고 있다. 욕심이 과하면 좋지 않은 결과를 초래한다는 의미이다. 욕심을 버려야만 큰 행복이 온다는 이야기이다.

초보 엄마인 나는 욕심이 화를 불러온다는 것을 인지하지 못했다. 내가 아이를 잘 키우고 싶다고 생각하고 실천했던 것이 욕심이라고 생각한 적도 없었다. 아이들을 잘 키우고 싶다는 생각은 누구나 다 하는 것이 아닌가? 어떤 부모가 내 아이를 잘못 키우고 싶겠는가? 그 마음에는 백 번 천 번 동의할 수 있다. 내 방식대로 똥고집을 피우고 고수했던 나의 육아 방법이 욕심이었던 것임을 뒤늦게 알았다.

아이들을 위해 공부했고 아이들을 위해 좋은 음식만을 먹었다. 아이들을 위해서라면 몸의 피곤함 따위는 신경 쓰지 않았다. 아이들을 잘 키울 수만 있다면 불구덩이라도 뛰어 들어갈 수 있을 만큼 대단한 의지가 있던 엄마였다. 똑똑한 아이로 만드는 것이 전부라 생각했다. 똑똑한 아이로 만들기 위해서 아이들의 마음은 보지 못한 채 내 기준에 맞게 아이들을 키웠다. 내 말은 곧 법이었으며 내 말에 반기라도 든다면 절대 용서하지 않았다. 이런 모든 행동이 아이들을 위한 일이라고 확신했다. 이렇게 아이들을 키우고 있는 나 자신이 대단한 엄마라고 믿었다. 세상 최고 엄마라 자부했다.

아이들이 하는 일에는 욕심이 하늘을 찔렀다. 이것도 잘해야 했고, 저것도 잘해야 했다. 내가 낳은 아이들은 무조건 모든 것을 잘해야 했다. 누군가에게 뒤처지는 모습은 볼 수 없었다. 내 아이들은 세상 최고로 똑똑한 아이여야만 했다. 그렇게 키우는 것이 정답이라 생각했기에 욕심이라는 생각은 한 번도 해본 적 없었다.

그때의 내 생각은 정확하게 틀렸다. 아이를 위한 일이라고 자부했지만, 그저 나의 욕심이었을 뿐이다. 아이들을 잘 키운다는 이유로 내 욕심을 채우려 했다. 아이들의 마음에 병이 깊어져 가고 있다는 것을 알지 못했다. 엄마의 욕심 때문에 사랑하는 아이들의 마음에 상처를 주었다. 한비자의 명언처럼 엄마의 욕심으로 육체도 정신도 성하지 못한 아이들이 된 것이다. 다른 사람도 아닌, 엄마가. 아이들을 보호하고 사랑해 줘야 하는 엄마가 아이들의 마음에 상처를 주고 말았다.

첫째 아이는 어릴 때부터 말이 없었다. 속마음을 이야기하는 때도 없었다. 여느 아이들처럼 학교에서 있었던 일을 이야기하는 일도 없었다. 타고난 성향이라 생각했다.

"어머니, 빈이는 말이 너무 없어요."

"원래 빈이는 말이 없어요. 아빠 닮았나 봐요."

"잘 웃지도 않아요."

"집에서도 그래요. 어릴 때부터 그랬어요."

"제 생각으로는 빈이가 무언가 힘들어 보여요. 지금 나이라면 제일 말이 많을 때고 많이 웃을 때거든요. 집에서 잘 살펴봐 주세요."

담임 선생님의 전화를 받고 나는 아무렇지 않게 넘겨버렸다. 잘 웃는 아이가 있으면 잘 웃지 않는 아이도 있는 것 아닌가? 아이의 성격이 그런 것이라며 넘겨 버렸다.

둘째 아이의 말도 안 되는 고집과 나에 대한 집착은 점점 더 심해졌다. 일 때문에 늦기라도 하는 날에는 수백 번 전화를 걸어 소리를 질러댔다. 자기 뜻대로 되지 않으면 의자를 던지거나 머리를 벽에 박기도 했고, 온몸을 할퀴기도 했다. 길을 걷다가도 마음에 들지 않는 무언가가 있으면 발을 구르고 떼를 쓰기도 했다. 병원, 상가, 차 안···. 아이의 이런 모습은 때와 장소를 가리지 않고 나타났다. 갑자기 무섭게 돌변하는 둘째가 너무 힘들었다. 소리를 지르고 화를 내보기도 하고, 조용하게 달래도 보았지만 해결되지 않았다.

그때, 아이들이 이렇게 변한 것은 나의 욕심 때문이라는 것을 대충 짐작했다. 인정하고 싶지 않았다. 나의 잘못이라는 것이 밝혀질까 숨기려고만 했다. 아이들의 마음도 몰라주는 나쁜 엄마라는 것이 세상에 알려

지는 것이 두려웠다. 마음을 다잡고 아이들과 심리치료 센터에 방문했다. 지면으로 된 검사지와 상담을 통한 검사를 하고 결과를 기다렸다. '도망을 갈까?'도 생각했다. 나의 잘못을 마주한다는 것이 쉽지 않았기 때문이다.

"둘째는 엄마와 성향이 비슷한 것 같아요. 그래서 어머니께서 이해하기가 더 어려웠을 것 같습니다. 마음에 들지 않는 나의 모습까지도 닮은 아이다 보니 어머니께서는 그런 모습을 볼 때 힘드셨을 거예요."

"둘째는 엄마를 많이 사랑하는데 어머니께서는 받아주지 않으신 것 같아요. 정이 많은 아이예요. '엄마, 나 좀 봐주세요. 나 좀 안아주세요.'라고 이야기하고 있어요. 엄마와의 애착 관계 형성이 시급해 보입니다. 가장 가까운 존재인 엄마가 본인을 거부한다고 생각하고 있는 것 같습니다. 자신의 감정을 어떻게 표현해야 하는지도 모르고 있어요. 소아 우울증입니다."

"첫째 아이는 나이에 맞지 않게 스트레스 지수가 아주 높게 나왔어요. 본인의 생각이나 의견은 항상 무시당한다고 얘기하네요. 엄마와 동생 사이에서 이러지도 저러지도 못하고 있는 것 같습니다. 이렇게 어린아이가 굉장한 책임감을 느끼고 있고 그 책임감이 스트레스로 작용하는 것 같아요."

  심리상담사의 말에 눈물도 나지 않았다. 오히려 덤덤했다. 인정하고
싶지 않았지만 나 때문이라는 것을 알고 있었기 때문이다.

  유난스럽고, 고집 세고, 목소리 큰 엄마. 무섭고 단호했던 엄마. 사랑
하는 마음을 절대 표현하지 않았던 엄마. 이런 엄마의 말을 무조건 잘 들
어야 했던 아이들. 이렇게 키우는 것이 정답이라 생각했다. 모든 것이 아
이들을 위한 일이라 생각했다. 내 생각은 틀렸다. 이 모든 것은 나의 욕
심 때문이었다. 아이들을 위한 것이라는 명목으로 나의 욕심을 채웠다.

  어떤 영역이든 초보는 존재한다. 초보는 실수도 할 수 있다. 여러 번
의 시행착오 끝에 프로가 되는 것으로 생각한다. 나는 초보 엄마였다. 엄
마도 처음이라 실수를 할 수 있다고 생각한다. 잘못했다면 재빨리 인정
하고 더 좋은 방법을 찾아야만 했다. 욕심 많은 나는 그렇게 하지 못했
다. 무조건 내 말이 맞는다며 아이들을 힘들게 했다. '욕심 많은 초보 엄
마'가 저지른 최악의 잘못이다. 그때, 초보 엄마임을 인정하고 아이들과
함께 배우고 성장하는 모습의 엄마였으면 어땠을까? 그때 아이들에게
마음의 병을 주었던 왕초보 엄마였던 나를 생각하니, 가슴이 아련해 온
다.

2장

육아관을

완전히 바꿔버린

아이가

탄생하다

특별한 아이의 탄생

"여전히 아기가 너무 작아요. 스트레스받는 일 있으세요?"

"스트레스받는 건 없어요. 밥도 잘 먹고 있고요. 오히려 첫째, 둘째 때보다 저는 살도 많이 쪘는걸요?"

"절대 스트레스 받는 일 없도록 하시고요. 첫째, 둘째 돌보는 것도 혼자하지 말고 도움을 받으셔요. 출산하기 전까지 아기를 키워 오셔야 합니다."

의사 선생님이 걱정스러운 표정으로 이야기하셨다. 선생님의 말씀이 이해되지 않았다. 첫째 때와는 다르게 입덧도 없어 무엇이든 잘 먹었다. 고기가 아른거려 끼니마다 고기를 챙겨 먹었다. 덕분에 나는 인생 최고의 몸무게를 찍었는데 배 속에 있는 아기는 왜 크지 않는 걸까? 배 속에 있는 아기를 내 마음대로 키울 수는 없는 노릇이었다. 첫째와 둘째는 나를 힘들게 하는 아이들도 아니었다. 큰아이들 때문에 힘들어서 아기가 작다는 것도 설명이 안 되는 말이다. 병원에 갈 때마다 아기가 작다는 이야기는 들었지만, 건강에는 문제가 없었기에 큰 걱정은 하지 않았다.

예정일이 한 달 가까이 남아 있던 어느 날로 기억한다. 갑자기 피가 비치기 시작했다. 불안한 마음이 들어 서둘러 병원으로 향했다.

"자궁 문이 열렸습니다. 당장 응급수술을 해야 할 것 같아요."

"아기가 작다고 하셔서 걱정돼요."

"지금 초음파상으로 아기의 몸무게를 재보니 2.5kg 정도 되어 보입니다. 이 정도면 괜찮을 것 같습니다."

이렇게 나는 마음의 준비를 할 시간도 없이 수술실에 들어갔다. 눈을 떠보니 걱정스러운 표정으로 앉아있는 가족들이 보였다. 엄마의 느낌이었을까? 순간, 불안감이 몰려왔다. 아기에게 안 좋은 일이 생겼다는 것을 직감할 수 있었다. 아기를 내 눈으로 확인해 봐야 했다. 아기를 당장 봐야겠다고 남편에게 이야기했지만 기다리라는 대답뿐이었다. 이미 두 번의 출산을 해본 경험자로서 이러한 상황이 이해되지 않았다. 얼마나 지났을까? 간호사님이 아기를 안고 병실로 들어오셨다. 한눈의 보기에도 아기는 너무 작았다. 작디작은 얼굴에 눈, 코, 입이 다 있다는 것이 신기할 정도였다. 간호사님은 아기를 내 곁에 눕히고 하나하나 설명을 해 주셨다.

"눈, 코, 입. 다 정상이고, 손가락도 다섯 개씩 있습니다. 그런데, 아기가 발가락을 하나 더 달고 태어났어요. 요즘 이런 아기들도 많고, 수술하면 문제 될 것이 없으니 걱정하지 마세요."

가족들의 얼굴이 어두웠던 이유를 알 수 있었다. 친정엄마는 간단한 수술이니 걱정하지 말라며 나를 안심시켰다.

"다른 곳에는 이상이 없나요? 우리 아기 괜찮은 거죠?"

"네. 괜찮아요. 건강합니다."

그제야 마음이 놓였다. 발가락을 하나 더 가지고 태어났다는 것보다 2.2kg의 적은 몸무게를 갖고 태어난 것이 더 마음 아팠다. 아기가 크지 못한 것이 내 탓인 것만 같았다.

며칠 시간이 흐르고 몸은 조금씩 회복되었다. 밥도 먹기 시작했고, 조금씩 걸을 수도 있었다. 빨리 퇴원해서 삼 남매와 함께하고 싶었다. 조그마한 동생이 보고 싶다며 하루에도 몇 번씩 전화하는 첫째와 둘째가 많이 보고 싶었다.

"동임아, 놀라지 말고 내 말 잘 들어."

슬픈 예감은 틀린 적이 없는 법. 남편의 이 한마디에 심장이 '쿵쾅쿵쾅' 멋대로 뛰기 시작했다. 남편의 대답도 듣기 전에 좋지 않은 느낌 때문에 나는 이미 제정신이 아니었다.

"아기한테 무슨 일 있는 거지? 괜찮다고 했던 건 거짓말이었지? 빨리 말해. 뭐야? 뭐냐고!"

"당신이 너무 놀랄까 봐 미리 이야기하지 못했어. 사실은 아기가 조금 아픈 것 같아."

"어디? 어디가 아픈 건데? 고칠 수는 있는 거지? 죽는 병은 아닌 거지?"

"눈에 문제가 있는 것 같아. 의사 선생님이 큰 병원에 가서 진료를 받아 보는 것이 좋을 것 같다고 하셨어. 그리고 울음소리도 너무 약하고 호흡도 불안정하대. 여러 가지 문제가 있어 보이는 것 같아."

"여러 가지 문제가 있다고? 눈은 또 뭐야? 눈이 왜? 눈이 어떻게 된 건데? 수술해야 하는 거야? 뭐야? 도대체 뭐냐고!"

"여기는 소아청소년과가 없어서 확실하지 않은데 시력이 없을 것 같다고 하셨어."

"뭐? 시력이 없다고? 그러면 앞을 못 본다는 거야? 그럴 리 없어. 왜 우리 아기가 시력이 없는 건데? 누가 그래? 말도 안 되는 소리 하지 마. 당장 아기를 봐야겠어."

신생아실에 있는 아기를 데려오라고 소리쳤다. 잠이 들어 있는 셋째를 억지로 깨웠다. 내 눈으로 직접 확인을 해봐야 했다. 시력이 없다니 믿을 수 없는 일이었다. 신생아이다 보니 잠자는 시간이 많았고 내 몸이 아직은 회복되지 않아 셋째를 많이 볼 수 없었다. 전날 밤에는 호흡이 약하다며 아기를 보여주지도 않았다. 출산 당일 가족들의 어두웠던 표정도 심상치 않았었다. 이해되지 않았던 상황들이 하나씩 맞춰짐을 느꼈다.

아기가 작은 눈을 떴다. 한참을 들여다보고 또 들여다보았다. 의학적 지식이 없는 내가 보기에도 아기의 눈이 이상했다. 머리를 세게 맞은 것처럼 어지러웠다. 금방이라도 쓰러질 것만 같았다. 내 주먹보다도 작은 얼굴에 안아주기도 무서울 만큼 작은 우리 아기. 작게 낳은 것만으로도 가슴이 찢어지는데 눈에 이상이 있다니…. 믿고 싶지 않았다. 아니, 믿을 수 없었다.

이성을 잃고 가슴을 치며 울었다. 소리를 지르며 흐느껴 울었다. 처음 겪어본 큰 아픔이었다. 내 옆에서 애써 태연한 척 덤덤하게 이야기했던 남편도 눈물을 흘렸다. 우리는 그렇게 한참을 울었다. 태어난 지 얼마 되지도 않은 작고 여린 아기에게 주어진 가혹한 시련 앞에 나는 완벽하게 무너지고 말았다.

2

고통과 슬픔의 하루하루

보통 아이를 낳으면 산모의 몸 회복을 위해 일정 기간 휴식하며 산후 조리를 한다. 임신과 출산 과정을 통해 마음과 몸의 상태가 많이 변했기 때문일 것이다. 기본적으로 3개월 동안 산후조리를 해야 한다고 전문가는 말하지만 나에게 산후조리는 사치였다. 셋째를 출산하고 아이에게 문제가 있음을 알게 된 후로 나의 관심사는 온통 아이의 '눈'이었다. 눈에 문제가 있어 보인다는 산부인과 의사는 급히 안과에 가보길 권했다.

유난히 눈이 많이 내리던 2011년 1월 산후조리 따위는 잊은 채 2kg의 아기를 안고 대학 병원으로 향했다. 온몸이 부들부들 떨렸다. 뼛속으로 차가운 바람이 들어오는 것 같았다. 발목까지 빠지는 눈도 매서운 겨울 바람도 엄마인 나를 막을 수는 없었다. 그때 나에게 산후조리보다 중요한 것은 셋째 아이의 상태를 정확하게 판단하는 것이 더 시급한 문제였다.

유명하다는 서울에 있는 대학 병원 안과를 찾아갔다. 눈도 제대로 뜨지 못하는 생후 2주일의 작은 아기를 검사하는 것은 쉽지 않았다. 검사를 하고 얼마나 지났을까? 검사 결과를 들어야 한다며 보호자를 호출했다.

'제발…. 볼 수 있다는 말을 듣게 해주세요. 치료할 수 있는 병이니 걱정하지 말라는 결과를 듣게 해주세요.' 손바닥에 땀이 나는 것도 모른 채 두 손을 모으고 간절히 기도하며 진료실로 들어갔다.

"아기의 눈 상태가 좋지 않습니다. 태어난 지 얼마 되지 않아 소아 안과 전문의가 없는 우리 병원에서는 정확하게 검사하는 것에 한계가 있지만 아무래도 시력이 없는 것 같습니다. 소아 안과 전문의에게 가셔서 정밀 검사를 받아보시는 것이 좋을 것 같습니다."

"치료 방법은 있는 거죠? 그런 거죠?"

"정확한 검사를 받아봐야 알겠지만, 저의 소견으로는 다른 방법은 없어 보입니다."

"아니요! 말도 안 되는 얘기 하지 마세요. 태어난 지 한 달도 안 된 아기예요. 이건 말이 안 되잖아요!"

"제가 소아 안과 전문의가 계신 병원 예약을 도와드릴 테니 정확하게 진단받아보십시오. 그리고, 소아청소년과에서 전반적인 검사를 모두 해보세요. 다른 쪽에도 문제가 있는지 확인해 보시는 것을 추천해 드립니다."

충격적인 검사 결과를 듣고 아무 말도 할 수 없었다. 숨이 멎는 것 같았다. 절대 그런 일은 없을 거라고 마음을 다잡으며 병원까지 왔다. 혹시라도 눈에 문제가 있다고 해도 치료 방법이 있으리라 생각했다. 별일 아니라며 나 자신을 달래며 힘겹게 병원에 왔다. 오만가지 걱정으로 터질 것 같은 심장을 간신히 붙잡고 이곳까지 달려왔는데 치료 방법이 없다니…. 시력뿐만 아니라 다른 곳에도 문제가 있을 수 있다니…. 믿을 수 없는 일이었다. 입술을 깨물고 죽을힘을 다해 억누르고 있었던 감정이 쏟아져 나왔다. 주체할 수 없는 울음이 터져 나왔다. 의사 선생님께 묻고 또 물었지만 내 귀에 들리는 대답에는 변함이 없었다.

나는 그 후로, 깊고 어두운 동굴 속으로 들어가 숨어 버렸다. 스스로 세상과의 단절을 선택했다. 말도 하고 싶지 않았고 먹고 싶지도 않았다. 셋째 출산을 축하한다는 문자도, 전화도 받지 않았다. 축하 인사를 하고 아기를 보러 오겠다는 친구들의 방문도 거절했다. 이 세상 모든 것이 싫었다. 멍하니 앉아 눈물을 흘릴 뿐. 내가 할 수 있는 일은 아무것도 없었다. 엄마인 내가 아이를 위해 해줄 수 있는 것이 아무것도 없는 현실 앞에서 무너지고 또 무너졌다. 무너지지 않으려고 안간힘을 써봤지만, 심장이 타들어 가는 것만 같은 고통이 느껴질 뿐이었다.

이런 일이 왜 우리에게 일어난 것인지 이해되지 않았다. 무엇을 잘못했기에 이렇게 큰 시련을 겪게 하는 것인지 세상이 원망스럽기만 했다. 이렇게 끔찍한 고통을 받을 만큼 우리가 잘못한 것이 있을까 생각해 보기도 했다. 밤을 꼬박 새워 생각해 보아도 머릿속엔 물음표만 가득했다. 신께서는 감당할 수 있는 만큼의 고통을 주신다고 하던데 나에게 주어진 고통은 감당하기 힘들었다. 내가 뭘 잘못한 거냐고 따져 묻고 싶었다. 갓 태어난 천사 같은 아기에게 이런 시련을 주는 이유가 무엇이냐고 묻고 싶었다. 그때 나는 세상의 모든 신을 원망했다.

산후조리원에서 만난 다른 아기들의 건강한 모습과 우렁찬 울음소리가 마냥 부러웠다. 귀가 찢어질 듯한 큰 울음소리가 오히려 듣기 좋았다.

먹성이 좋아 하루 종일 젖을 물리느라 힘들다며 행복한 투정을 부리는 산모들이 부러웠다. 하루 종일, 아니 며칠 잠을 못 잔다 해도 우리 아기가 잘만 먹는다면 바랄 것이 없을 것 같았다. 셋째는 턱이 작고 빠는 힘이 약해 가장 작은 젖병도 빨지 못했다. 그러한 이유로 젖병이 아닌 주사기로 한 방울씩 수유하고 있노라면 어김없이 눈물이 흘렀다. 그저 잘 먹고, 잘 자고, 건강하게 자라주기만을 바랄 뿐이었다. 이런 나의 바람이 욕심이었을까? 아기를 위해 해줄 수 있는 것이 아무것도 없다는 죄책감이 나를 괴롭혔다. 줄 수만 있다면 내 눈이라도 주고 싶었다.

엄마 얼굴도 볼 수 없는 애틋한 우리 아기. 세상의 아름다운 것들도 볼 수 없는 불쌍한 우리 아기. 내 눈에 보이는 모든 것을 볼 때마다 셋째에게 미안한 마음이 들어 가슴이 아파져 왔다. 이 모든 것이 나의 잘못이라는 생각이 들었다. 열 달이라는 시간을 배 속에 품고 있을 때 분명 내가 잘못한 것이 있을 거라 확신했다.

아기가 아픈 것은 모두 다 내 잘못이라는 생각으로 결론이 내려졌다. 못난 엄마. 아기를 아프게 만든 최악의 엄마. 아기를 볼 때마다 죄책감에 시달렸다. 하루하루가 고통이었고 슬픔이었다. 어떤 말로도 형언할 수 없는 고통의 날들이 계속되던 그때. 나는 아픈 아기에게 아무것도 해줄 수 없는 나약한 엄마였다.

3

그럼에도 불구하고 감사합니다

"행복은 당신이 가지고 있는 것들을 기쁘게 생각하는 것이다."- 데일

카네기

셋째 아이를 낳고 데일 카네기의 명언이 가슴에 와닿는 경험을 한 적

이 있다. 아쉽게도 나의 세상은 고통으로 가득 차 있었다. 희망이라는 단

어를 떠올릴 수도 없을 만큼 암담하고 처참했다. 아기의 건강에 문제가

있다는 사실을 알게 된 순간부터 한 치 앞도 볼 수 없을 만큼 칠흑같이

어두운 세상 속에 갇혀 버렸다.

    처음 진료를 보러 갔던 병원에서 앞을 보지 못할 것 같다던 이야기를 들었지만 그대로 포기할 수는 없었다. 소아 안과 전문의 선생님이 계시는 상급 병원 진료가 있던 날. 엄마 얼굴을 볼 수 있게 해달라고 이 세상 모든 신에게 기도했다. 맨눈으로 보기에도 분명 아기의 눈에는 이상이 있어 보였다. 전문적인 지식이 없는 사람이 보아도 알 수 있을 정도로 아기의 눈 상태는 좋지 않았지만, 기적이 일어나길 바랐다. 기적이 일어나 아기가 나와 눈을 맞추길 바랐다. 세상의 아름다운 것들을 볼 수 있기를 바라고 또 바랐다. 검사 결과를 기다리는 동안 간절히 기도했다. 얼굴은 벌겋게 달아오르고 극도의 긴장감 때문에 심장은 요동쳤다.

    "어머? 이 아기도 우리 아기랑 눈의 상태가 똑같아 보이네요. 무슨 병인지 알고 계세요?" 각막 혼탁이 심해 흰색의 눈동자를 가지고 있는 아기를 안은 엄마가 나에게 질문을 던졌다. 언뜻 보아도 그 아기와 나의 아기 눈 상태는 거의 똑같았다.

    "무슨 병인지는 아직 모르겠어요. 처음 갔던 병원에서는 앞을 보지 못할 수도 있다고 했지만, 이대로 포기할 수 없어서 다시 병원에 온 거예요."

"그렇군요. 여기 계시는 선생님이 엄청 유명하신 분이래요. 그래서 저도 지방에서 새벽같이 올라왔어요."

"아기는 시력에는 문제가 없나요?"

"우리 아기는 좋아질 수 있는 병이래요. 그래서 수술적 치료가 가능한지 알아보러 왔어요. 치료 방법만 있다면 정말 행복할 것 같아요."

그 순간, 나에게도 희망이 생겼다. 이 아기와 우리 아기의 눈은 다를 것이 없어 보였기 때문이다. 수술이든 약물이든 치료만 된다면 더 이상 바랄 것이 없었다. '그래. 우리 아기도 별문제 없을 거야.' 별문제 없을 거라고, 첫 병원에서 오진한 거라고 확신하며 진료실로 향했다.

진료실의 공기는 느낌이 좋지 않았다. 검사 결과를 컴퓨터로 확인하고 있는 교수님의 표정은 어두웠다. 교수님과 함께 있던 선생님들의 표정도 좋지 않았다.

"흠⋯. 이 아이는 선천적으로 눈에 문제가 있습니다."

담당 교수님께서 차분한 목소리로 검사 결과에 대해 설명하기 시작했다.

"엄마 배 속에 있을 때 어떤 이유인지는 모르지만, 각막이 분리되지 못한 것 같습니다."

하나도 이해되지 않았다. 각막이 분리되지 않았다면 각막이 없다는 것인가? 각막이 없다면 시력이 없다는 것인가? 나에게 가장 중요한 것은 우리 아기가 앞을 볼 수 있는 것인지에 대한 문제였다.

"한쪽 눈은 아예 눈을 만들어 내지 못했어요. 그래서 당연히 시력을 기대할 수 없습니다. 하지만, 다행스럽게도 나머지 한쪽 눈은 완벽하지는 않지만, 눈을 만들어 내긴 했어요. 아이가 자라는 동안 계속 확인해야겠지만 약간의 시력을 기대해 봐도 좋습니다."

차분하고 침착하게 설명해 주시던 교수님의 이야기는 귓가에 윙윙거릴 뿐이었다. 귀에 들어오지 않았다. 가슴이 답답했다. 어둡고 무거웠던 진료실의 공기 때문에 숨도 쉬기 힘들었다. 시력을 기대할 수 없다는 교수님의 말만 귓가에 되풀이되고 있었다. 조금은 기대했다. 진료실 밖에서 만났던 아기처럼 치료 방법이 있을 거라 믿었다. 별것 아닐 거라며 내 자신을 다독이며 결과를 기다렸다. 하지만, 나의 작은 바람은 이루어지지 않았다. 앞을 보지 못하는 아이. 단 한 번도 생각해 본 적 없는 시나리오였다. 나의 인생에 이런 슬픔은 예상하지 못했다. 약간의 시력을 기대해 봐도 좋다는 말로는 위로되지 않았다. 아름다운 세상을 반짝이는 두 눈으로 보는 것은 당연한 일 아닌가? 약간의 시력을 기대할 만하다는 말은 나에겐 시력이 없다는 말과 다름없었다.

아기에게 두 눈으로 세상을 볼 수 있게 해주고 싶었다. 엄마의 얼굴과 모습을 또렷하게 볼 수 있게 해야만 했다. 초롱초롱 빛나는 아기의 눈을 맞추며 이야기하고 싶었다. 나는 어떻게든 방법을 찾아야만 했다. 내 눈을 주어서라도 아기의 시력을 찾아주고 싶은 마음뿐이었다.

신은 우리 편이 아니었다. 간절히 바라고 원하면 이루어진다던 말은 동화 속에서만 존재하는 말이었다. 어떠한 방법으로도 눈을 치료할 수 없다는 말에 나의 마음엔 세상을 향한 원망으로 가득 찼다.

"양쪽 눈 모두 시력이 없는 것보다는 흐릿하게라도 한쪽 시력이 남아 있다는 것을 감사하게 생각하셔야 해요."

순간, 억울함이 느껴졌다. 초롱초롱 빛나는 맑은 눈동자를 가지고 태어나는 것이 당연한 일인데 한쪽 시력이 살아 있다고 감사하게 생각하라니! 흐릿하게 세상을 바라볼 수밖에 없는 아기가 안쓰럽기만 한데 감사한 일이라니!

"많은 아이가 저를 찾아옵니다. 중증의 아이들이 대부분이죠. 저를 찾아오는 아이들은 시력을 기대할 수 없는 상태가 대부분입니다. 말 그대로 앞을 보지 못한다는 소리입니다. 그런데 지금, 이 아기는 한쪽 시력이 남아 있지 않습니까? 또렷하게 세상을 바라보지 못하면 어때요? 엄마 얼굴을 볼 수 있는데…. 이 얼마나 감사한 일입니까?"

진료실에 들어가기 전까지의 내 세상은 고통으로 가득 차 있었다. 검사 결과를 듣고 진료실 밖으로 나온 후에는 다른 세상이 펼쳐졌다. 더 이상 고통스럽지 않았다. 행복했다. 감사했다. 셋째 아이가 나의 얼굴을 볼 수 있음이 감사했다. 앞을 보지 못할 거라는 상황에서 흐릿하게나마 한쪽 시력이 남아 있다는 상황으로 바뀌었다. 이 얼마나 감사한 일인가? 그 순간 깨달았다. 두 눈으로 세상을 본다는 것은 당연한 일이 아니었다. 이 세상에 당연한 일은 하나도 없다. 당연하게 생각했던 모든 일들은 감사함의 연속이었다.

"우리 아기는 수술만 하면 된다고 했어요. 너무 행복해요. 수술 날짜도 잡혔어요. 이제 두 눈으로 세상을 보기만 하면 되는 거예요!"

우리 아기와 비슷한 눈을 가지고 있던 아기 엄마가 행복하게 웃으며 이야기했다.

"이 아기는 뭐래요? 수술하면 괜찮다고 했나요?"

"아니요. 우리 아기는 한쪽만 흐릿하게 볼 수 있다고 하시네요."

"어머⋯. 그래요? 안쓰러워라. 우리 아기는 진짜 다행이죠? 이 아기에 비하면 우리 아기는 아무것도 아니었네요. 호호호."

우리의 상황과 비교하며 본인은 다행이라고, 행복하다고 이야기하며 웃고 있는 아기 엄마에게 충분히 화도 낼 수 있는 상황이었다. 남의 불행이 너의 행복이냐며 따져 물을 수도 있었지만, 나는 진심으로 축하해 주었다. 정말 잘 되었다며 처음 본 그 아기 엄마를 따뜻하게 안아주었다.

오랫동안 쓰지 않았던 일기장을 꺼냈다. 내가 가지고 있는 것들을 기쁘게 생각해 보기로 했다. 고통으로 가득 차 있었던 내 세상에도 분명 행복한 일은 있었다.

'웅아~ 불행하다고 생각할 필요는 없을 것 같아. 우리는 누군가에게 희망과 감사함을 느끼게 해줄 수 있는 삶을 살고 있거든. 삶의 무게가 버거워 견디기 힘들 때도 있겠지만 그럼에도 불구하고 삶을 사랑해야 하는 거야. 우리가 가지고 있는 것들이 기쁨이라 생각하자. 그럼 우리는 분명 행복해질 수 있을 거야.'

어린 왕자의 선물

거기 있어 줘서 그게 너라서

가끔 나에게 조용하게 안겨주어서

나는 있잖아 정말 남김없이 고마워

〈너의 모든 순간〉 – 성시경

헤아릴 수 없을 만큼 많이 들었던 노래다. 몇천 번을 듣고 또 듣는 노래지만 지금도 이 노래를 들으면 여전히 가슴이 먹먹해진다. 이 노래를 처음 들었던 날이 떠오른다. 가사 하나하나가 가슴에 박혔다.

"네가 웃으면 눈부신 햇살이 비춰. 거기 있어 줘서 그게 너라서 정말 행복해."

운전을 하며 이 노래를 듣고 있을 때였다. 눈물이 터져버려 운전할 수 없었다. 한쪽으로 차를 세우고 펑펑 울어버렸다. 내 가슴에는 항상 커다란 돌덩어리가 있었다. 감사한 마음을 가지고, 살아야 한다고 자신을 단련시켰지만 쉬운 일은 아니었다. 사람들의 시선을 무시할 수 없었고, 수군거림이 힘들었다.

신은 왜 나에게 이런 아픔과 고통을 주는 것인지 여전히 해답을 찾을 수 없었다. 엄마이기 때문에 아기를 포기할 수 없다는 것은 알고 있었다. 하지만 끝이 보이지 않는 이 싸움에서 이길 자신은 없었다. 나에게 와줘서 고맙다고, 내가 너의 엄마가 될 수 있음이 행복하다고 진심으로 말하기 힘들 때도 있었다. 아이의 고통보다 내가 느끼고 있던 고통과 부담감이 더 크게 느껴질 때도 있었다. 엄마도 사람이라는 핑계를 대며 불평, 불만, 고통을 쏟아 낼 때도 있었다. 한편으로 그런 나의 모습을 볼 때마다 나 자신이 아주 싫었다.

'네가 있어서 정말 빈틈없이 행복해.'

새 생명의 탄생은 축복과 같은 일이다. 나의 아기가 곁에 있는 것만으로도 행복한 일임이 틀림없지만 나는 행복하기만 할 수는 없었다. 이 노래를 들을 때마다 마음을 다잡게 된다. 다른 것은 필요 없다고, 네가 내 옆에 있어 주는 것만으로도 정말 행복한 엄마라고 곱씹었다.

머리부터 발끝까지 검사하고 2kg의 작은 아기에게 여러 가지 문제가 있다는 것을 알게 되었다. 그저 작은 체구의 아기일 뿐이라고 생각했다. 작게 낳아도 크게 키우면 되는 것이라고 아무렇지 않게 넘겨 버렸던 지난날이 후회스러웠다. 가장 기본적인 생리 욕구인 잘 먹고 잘 싸는 것도 되지 않았다. 크게 울지도 못했다. 귀의 모양도 이상했고 턱의 모양도 이상했다. 병원에 갈 때마다 수많은 검사가 이어졌고 우리 아기는 문제가 많은 아기, 해결해야 할 것이 많은 아기로 낙인찍혔다. 여러 가지 문제가 있어 보였지만, 정확한 병명은 나오지 않았다. 병명을 알지 못하니 어떠한 증상이 있는 병인지, 예후는 어떠한지 전혀 알 수 없었다. 답답했다.

정확한 병명만이라도 알고 싶었다. 이 작은 몸속에서 무슨 일들이 일어나고 있는지 궁금했다. 병명만 알게 된다면 다 해결될 것만 같았다. 어떠한 병인지를 알 수 없는 상황이다 보니, 그저 새로운 증상들이 나타날 때마다 응급처치하고 입원하는 방법뿐이었다. 셋째의 어린 시절은 병원이 집이었고, 함께 입원해 있던 아이들이 친구였고 누나였다.

두 돌이 한창 지날 때까지 걷지도 못했다. 엄마의 손을 잡고 걷는 또래 아이들을 볼 때면 자연스레 시선이 멈췄다. 나도 아이의 손을 잡고 걷고 싶었다. 발달 순서에 맞게 걷고, 뛰고, 말하고…. 당연하다 생각되는 것들이지만 우리에게는 당연하지 않은 일이었다. 먹는 것부터 걷는 것까지 무엇 하나 당연하게 되는 것이 없었다. 집중적으로 재활치료를 받기 위해 입원도 하고 유명하다는 곳은 다 쫓아다녔지만, 달라지는 것이 없었다.

"전체적으로 근력이 너무 약합니다. 잘 걷지 못할 수도 있고, 평생 누워서 생활해야 할 수도 있습니다."

최악의 말을 여러 번 들었지만, 심장에 굳은살은 생기지 않았다. 수없이 절망했고 수없이 자책했다. 아무리 발버둥 쳐도 달라지는 것이 하나도 없는 나와 아이의 삶. 속상하고, 애처로웠다. 엄마와 떨어져 매일 밤 울며 잠드는 큰아이들이 안쓰러웠다. 아이의 병원비를 만들어야 한다며 쉴 새 없이 일만 하는 남편이 불쌍했다. 내 삶은 한순간에 새드엔딩 영화 비련의 여주인공이 되어 있었다. 앞이 보이지 않았다. 더 이상 견딜힘이 남아 있지 않았다. 모든 것을 포기하고 싶었다. 나는 대단한 사람도 아니었고 견딜 수 있는 강한 힘을 가진 사람도 아니었다. 그저 평범하고 나약한 여자일 뿐이었다.

깜깜한 밤, 셋째를 카시트에 태우고 차를 몰았다. 앞도 보이지 않는 이 싸움을 그만두고 싶었다. 참담하고 고통스러운 현실에서 벗어나고 싶었다. 최악의 상황에서도 감사함을 찾으려 부단히 노력했다. 이 아이를 나에게 보낸 의미가 있을 거라며 긍정적으로 생각하려 애도 써봤다. 하지만 나의 인내심은 딱 여기까지였다. 앞으로 10년, 20년…. 이 아이를 영원히 책임질 자신이 없었다. 암담하고 우울한 우리의 미래를 보고 싶지 않았다. 저 멀리 전봇대가 보였다. 이제 모든 것을 끝내기로 했다.

마지막으로 아기의 얼굴을 보았다. 아기는 아무것도 모른 채 잠이 들어 있었다. 하얀 피부, 긴 속눈썹, 앙다물고 있는 작은 입. 고사리 같은 손. 동화책에 나오는 어린 왕자의 모습이었다. 셋째는 아무 걱정 없는 모습으로 새근새근 잠을 자고 있었다. 나의 흐느낌을 느꼈을까? 아기가 작은 눈을 떴다. 눈을 뜨고 잘 보이지도 않는 시력으로도 엄마를 알아보았다. 엄마임을 확인했는지 아기가 웃었다. 부족하고 못난 엄마를 보고 방실방실 웃었다. 순간 머리가 아팠다. 모든 것을 끝내버리겠다고 마음먹었던 나를 자책했다. 이렇게 사랑스러운 아기에게 내가 지금 무슨 짓을 한 것인가? 가슴을 치고 뺨을 때리며 아픔을 토해냈다.

엄마라는 이유 하나만으로도 사랑스러운 웃음을 보여주는 아이였다. 어린 왕자가 나에게 손을 내미는 것 같았다. 항상 너의 친구가 되어 줄 테니 포기하지 말고 힘내라고 이야기하는 것 같았다. 나는 잊고 있었다. 셋째는 나에게 많은 깨달음을 준 아이였다는 것을. 고통이라고 느끼는 순간에도 분명 감사한 일이 있다는 것을 가르쳐준 아이였다. 이 소중한 깨달음을 잊고 한없는 슬픔과 좌절, 고통 속으로 빠져 세상을 끝내고 싶다는 생각을 멈추게 해준 셋째는 나에게 동화 속 어린 왕자였다.

셋째와 나의 미래는 한 치 앞도 알 수 없다. 하지만 하루하루 열심히 살다 보면 분명 희망을 만날 수 있을 거라 믿는다. 사막이 우물을 감추고 있어 아름다운 것처럼 나와 셋째의 미래에도 오아시스가 있을 것이라 믿기로 했다. 어린 왕자의 이야기처럼.

다른 것이 아니라 조금 느린 거야

"어머나! 아기가 왜 이래요? 어머! 눈도 이상하네요?"

"네. 아기가 조금 아파요."

"숨은 쉬고 있는 거죠? 세상에나! 코에 끼워 놓은 건 또 뭐예요?"

"입으로 잘 먹을 수 없는 아이라 코에 튜브를 끼워놨어요."

"어머나! 이런 건 처음 봤어요. TV에서만 봤는데 실제로 이런 아이가

있나 봐요?"

셋째가 태어난 이후 큰아이들을 데리고 놀이터에 나가본 적이 한 번도 없었다. 단단히 마음먹고 큰아이들을 데리고 놀이터에 나갔다. 그때, 사람들의 수군거림이 느껴졌다. 내 뒤에서 수군거리는 것뿐만 아니라 나에게 다가와 무례하게 질문하는 사람들도 많았다. 동물원에 원숭이 구경하듯 우리 아이를 구경하며 저마다 한마디씩 했다. '아이가 왜 이러냐, 죽을병에 걸린 것이냐, 안쓰럽다, 불쌍하다, 엄마가 고생이 많다, 나 같으면 이런 아이를 키울 수 없을 것이다.' 등등 듣고 싶지 않은 말들이 쏟아졌다. 예의라고는 찾아볼 수 없는 사람들이 많았다.

다른 사람의 아픔을 보며 내가 아니라서 다행이라고 말하던 그 입과 눈빛들을 아직도 잊을 수 없다. 그 후에도 이런 일들을 여러 번 겪었다. 사람들의 눈초리가 느껴졌고, 우리 아기를 화제 삼아 이야기하는 소리가 들렸다. 그런 상황이 힘들었다. 잘못한 것도 없는데 쥐구멍을 찾게 되던 나였다. 이런 일들을 겪으면서 자연스레 세상과 멀어지기 시작했다. 절대 집 밖으로 나가지 않았다. 어쩔 수 없이 외출해야 하는 상황에는 저 멀리 보이지 않는 곳에 숨어 있었다. 언제나 당당하고 자신감 넘치던 나의 모습은 없어진 지 오래였다. 세상과 맞서 싸우기보다는 피하기 바빴다. 싸울 힘도 없었다. 싸우고자 하는 의지도 없었다. 그저 하루하루 힘겹게 버틸 뿐이었다.

셋째가 가지고 태어난 많은 증상 중의 하나는 스스로 변을 보지 못하는 것이었다. 셋째의 이런 병 때문에 수술이 결정되었다. 장을 비워야 하는 수술이었기 때문에 나흘 동안 물 한 모금도 먹일 수 없었다. 배고프다고 울고 잠도 자지 못했다. 잠을 자지 못하는 아기를 유모차에 태워 매일 밤 병원 1층 대기실을 걷고 또 걸었다.

그때 나의 모습은 산송장과 같았다. 잠을 자지 못해 입술은 다 터져버렸고, 잘 먹지 못해 세상이 빙빙 돌았다. 하지만 나의 피로감은 상관없었다. 아기만 괜찮아진다면 문제 될 것이 없었다. 병원에 있는 것은 몸은 힘들었지만, 정신적으로는 오히려 편했다. 셋째를 이상한 눈으로 바라보는 사람들도 없었고, 수군거리는 사람들도 없었다. 모두 아픈 아이들을 키우는 엄마인지라 코에 끼워져 있는 튜브나 눈동자 색깔 따위는 문제되지 않았다. 힘내라는 뻔한 위로도 없었다. 오히려 울고 싶을 때는 마음껏 울고 오라며 아기를 봐주기도 했다. 아픈 아이를 키운다는 공통점이 있어서 우리는 더 끈끈했다.

금식 기간이 지나고 수술하는 날이 다가왔다. 아침 일찍 의사 선생님이 입원실로 오셨다. 수술해야 하는 이유, 수술 방법, 기대할 수 있는 효과, 부작용 등에 관해 자세히 설명해 주셨다. 아직은 어린 아기를 또 수술실에 들여보내야 한다는 것이 마음 아팠지만, 나에겐 선택권이 없었다.

아기를 안고 함께 수술실로 들어갔다. TV에서나 보던 수술실의 모습이 눈앞에 펼쳐졌다. 온몸이 떨릴 만큼 수술실의 공기는 차가웠다. 의료진들이 바쁘게 움직이고 있었고, 수술을 준비하는 모습이 보였다. 수술 대기실에는 우리 아기처럼 수술을 기다리고 있는 환자들이 있었다. 그 사람들의 눈빛에도 긴장감이 가득했다. 수술 대기실에서 아기를 안고 있는 것만으로도 공포감이 밀려왔다.

아무것도 모른 채 내 품에 안겨 있던 아기에게 마취약이 들어갔다. 엄마 손가락을 붙잡고 놀고 있던 아기의 몸에 힘이 빠졌다. 마취가 잘 되었음을 확인한 후 나는 수술실 밖으로 나왔다. 다리에 힘이 빠졌다. 더 이상 걸을 수가 없었다. 그대로 주저앉아 눈물을 흘렸다. 수술실 앞 커다란 화면에 셋째의 이름이 보였다. 차디찬 수술실에 혼자 있는 아기를 생각하니 심장이 타들어 가는 것만 같았다. 아무리 참으려 해도 눈물이 멈추질 않았다. 피 마르는 기다림의 시간은 여전히 적응되지 않았다. 가장 기본적인 욕구, 먹고 싸는 것마저도 수술해야 한다는 것이 안쓰러웠다. 건강하게 낳아주지 못해 미안했다. 어미의 잘못으로 아기가 고통받고 있다는 생각에 괴로웠다.

얼마나 시간이 지났을까? 화면에 '수술 중'이라고 쓰여 있던 것이 '수술 후 회복실'이라고 바뀌었다. 담당 교수님이 수술실 밖으로 나오셨다. 퉁퉁 부은 눈으로 선생님께 달려갔다.

"선생님. 우리 아기는 괜찮은 거죠?"

"네. 수술은 잘 되었습니다. 몸무게가 너무 조금 나가서 걱정했는데 잘 버텨주었어요. 출혈의 위험성도 있는 수술인데 그런 문제없이 아주 잘 되었습니다."

"감사합니다. 선생님 정말 감사해요. 이제 우리 아기도 스스로 변을 볼 수 있겠죠?"

"그 부분은 조금 더 상황을 지켜봐야 할 것 같습니다. 대장이 많이 늘어나 있는 상태라 상황을 지켜보다가 추가적인 수술에 대해 논의를 해봐야 할 것 같아요."

수술이 끝나고 다시 내 품에 안긴 아기는 평온해 보였다. 미안한 마음에 왈칵 눈물이 쏟아졌다. 이를 악물고 눈물을 닦았다. 더 이상 울지 않으리라 마음먹었다. 무조건 셋째 아이를 지키겠다고 생각했다. 미안한 마음에 울기만 하는 바보 같은 엄마는 되지 않겠다고 나와 약속했다. 아무것도 할 수 없다고 생각했던 나였다. 아픈 아이를 잘 키우지 못할 거라고 겁을 먹었던 나였다. 왜 나에게 이런 일이 생겼는지 신을 탓했던 나였다. 하지만 마취에 깨어 나를 보고 웃어주던 아이를 보고 나의 마음은 달라졌다. 셋째의 미소를 위해서라도 미래에 대한 불안함 따위는 버리기로 마음먹었다. 나를 믿기로 했다.

보통의 아이들과 다르다고 생각했던 바보 같은 엄마였다. 평범하지 않은 이 아이를 어떻게 키워야 하는지 두려워했던 겁쟁이 엄마였다. 씩씩하게 수술을 견디고 나온 셋째를 보고 생각이 바뀌었다. 다른 사람들의 시선이 문제가 아니었다. 우리 아이는 평범하지 않은 아이라고 생각한 건 정작 나였다. 보통의 아이들과 다르다고 생각했던 것은 나였다. 이런 생각에 사로잡혀 세상 밖으로 나갈 수 없었음을 깨달았다. 나는 다른 사람들을 탓하기 바빴던 핑계쟁이었다.

우리 아이는 다른 것이 아니라 조금 느린 것이다. 아이들은 성장 속도가 다 다르다. 빠른 아이가 있으면 느린 아이도 있다. 또래보다 빨랐던 큰아이들을 키우며, 느린 것 자체를 용납하지 못했던 나였다. 생각을 고쳐먹었다. 아프게 태어났다는 사실로 다른 아이라 결론 내리고 싶지 않았다. '다른 것이 아니라 느린 것뿐이다.' 아이의 속도에 맞춰서 천천히 가다 보면 언젠가는 목적지에 도착할 것으로 확신했다. 아이의 손을 꼭 붙잡고 천천히 가보기로 결심했다. 내 생각이 바뀌었던 그날, 내 눈앞에 희망이라는 단어가 보이기 시작했다.

절망을 기회로 바꾼다는 것

유전자 돌연변이로 인한 희귀 난치성 질환. 'ㅇㅇㅇ 증후군' 셋째 아이가 가지고 있는 병명이다. 두 돌이 한참 지난 후에 알게 되었다. 그때까지 걷지 못했고 다양한 증상이 발현되었다. 정확한 병명을 알지 못했기 때문에, 내가 해줄 수 있는 것은 새로운 증상이 나올 때마다 응급처치하고 그 상황에 맞는 치료를 해주는 것뿐이었다.

몸 이곳저곳에 문제가 있는 아이기 때문에 수많은 검사를 했다. 여러 가지 검사 후 마지막으로 유전자 검사를 하게 되었고 병명을 알게 되었다. 눈물이 말라 버렸던 걸까? 검사 결과를 듣고, 병명을 알게 되었던 날 눈물은 나지 않았다. 오히려 답답했던 마음이 뻥 뚫리는 것 같았다. 병명도 알지 못한 채 이 병원, 저 병원으로 아이를 데리고 다녔던 지난날이 떠올랐다. 병명을 알기 전에는 아주 답답했다. 아이의 몸속에서 무슨 일이 일어나고 있는지 알 수 없어 대처할 수도 없었다. 어떤 증상들이 기다리고 있을지 예상할 수도 없었다. 앞도 보이지 않는 깜깜한 어둠 속을 걷고 있는 느낌이었다.

아이와 함께 가고 있는 길이 맞는 길인지 확신할 수 없어 두려웠다. 이런 상황에 병명을 알게 되었다. 환한 세상 밖으로 나온 기분이 들었다. 병명을 늦게 알게 되어 아쉬웠을 뿐. 슬픔과 눈물은 없었다. 희귀 난치성 질환이기 때문에 완치라는 개념은 존재하지 않는다. 완치될 수 없는 병. 백 퍼센트 완벽한 사람으로 성장할 수도 없다는 소리이다. 아직 발현되지 않은 증상들도 많을 것이고 그때그때 또다시 치료해야 한다는 뜻이었다. 지금까지 견뎌왔던 시간보다 더 힘든 시간이 나를 기다리고 있다는 소리이기도 했다.

장애 등록을 미루고 있었다. 장애 등록을 하면 영영 낫지 않을 것만 같은 불안감 때문이었다. '장애아'라는 꼬리표가 싫었다. 희귀 난치 질환으로 진단받은 후 장애 등록을 했다. 인정하고 싶지 않았지만 더 이상 미루는 것은 의미가 없었다. 아직 걷지도 못하는 아기의 얼굴 사진이 들어 있는 복지(장애인) 카드를 받았다. 두려움이 느껴졌다. 이 아이를 잘 키울 수 있을지 걱정되었다. 완치되지 않는 병과 평생 장애를 안고 살아가야 하는 아이의 인생이 안쓰러웠다. 지금껏 힘을 내고 달려왔건만…. 허무했다. 길고 긴 이 싸움에서 이길 수는 있는 건지, 싸움의 끝은 있는 건지 답답하기만 했다. 절망스러운 상황이었다.

"어려움의 한가운데에 기회가 놓여 있다." –알베르트 아인슈타인

내가 절망의 늪에서 헤어 나오고 싶을 때마다 되뇌었던 말이다. 기회라는 것은 누군가에게나 주어진다고 한다. 힘든 상황 속에 숨어 있어서 눈에 보이지 않는 것일 뿐이다. 의지가 있는 사람은 기회를 잡을 것이고 의지가 없다면 기회를 잡지 못할 것이라는 이야기이다. 아이에게 주어진 것이 절망이라 해도, 나는 포기하고 싶지 않았다. 이 또한 새로운 기회라고 생각했다.

아이의 병명을 알게 되었으니, 앞으로의 증상에 대비할 수 있게 된 것이고 병을 주제로 공부도 할 수 있다는 뜻이다. 아무것도 모르고 방황했

던 지난날보다 상황이 좋아진 것이기도 하다. 나는 그렇게 생각하기로 했다. 도착지가 보이지도 않았던 지난날들에 비하면 나쁜 것은 아니다. 병명을 알게 된 후부터 더 바쁘게 움직였다. 아이의 질환에 대한 정보를 모으기 시작했다. 영어 단어를 찾아가며 의학 서적을 읽기도 했다. 병에 대해 열심히 공부했다. 지피지기면 백전백승이라 하지 않았는가? 아이를 괴롭히고 있는 질환에 대해 자세히 알고 있어야 한다는 생각으로 밤낮없이 공부했다. 같은 병을 가지고 있는 선배 엄마들과도 소통하기 시작했다. 알 수 없는 아이의 미래에 대한 조언도 감사히 들었다. 같은 병이어도 증상이 제각각인 병이었다. 우선 다수의 아이에게 공통으로 발현한 증상을 수집했다. 내가 모은 정보를 바탕으로 미리 대비하기 시작했다.

언어 지연, 발음의 부정확함 등이 올 수 있는 병이기 때문에 언어 치료를 일찍 시작했다. 최연소 치료자였을 것이다. 대근육과 소근육의 움직임이 아주 느린 아이였기 때문에 입원을 통한 집중 재활치료도 시작했다. 그때 나의 소박한 꿈은 아이의 손을 잡고 걷는 것이었다. 아이가 뛰어와 나의 품에 안기는 상상을 수천 번 했다. 아이를 꼭 걷게 하겠다고 다짐하고 노력했던 엄마의 마음을 알았을까? 셋째는 느리지만 꾸준히 발달하고 있었다.

첫걸음마를 떼던 순간이 생생하다. 나를 바라보고 함박웃음을 지은 채 팔을 벌리고 뒤뚱뒤뚱 걷던 그 모습. 엄마라면 누구나 다 경험하는 보통의 순간이겠지만, 우리에게는 감격스러운 날이었다. 이 모습을 본 큰아이들이 환호성을 질렀다. 세상을 다 가진 아이들처럼 기뻐했던 큰아이들의 모습도 또렷하게 남아 있다.

"엄마! 우리 아기가 두 발짝이나 걸었어!"

"웅아~ 누나한테 와봐. 누나가 장난감 줄게."

"이거 봐! 나는 우리 아기가 해낼 줄 알았어. 역시 내 동생이야!"

"깔깔깔! 호호호!" 큰 녀석들의 웃음소리가 넘쳐흘렀다. 그 후, 여섯 살 첫째와 다섯 살 둘째는 항상 셋째를 데리고 놀이터에 나갔다. 보조기를 차고 뒤뚱뒤뚱 걷는 모습이 얼마나 귀여웠을까? 든든한 두 누나의 경호를 받았던 셋째는 많이도 행복했을 것이다. 삼 남매가 나란히 손을 잡고 걷는 모습은 감동 그 자체였다. 그날의 날씨, 하늘, 공기의 냄새까지 또렷하게 기억난다. 절망이 아니라 기회임을 몸소 느꼈던 날이었다.

아이를 살리겠다고 다짐 한 후부터는 절대 울지 않았다. 절망스러운 상황에서도 나약한 모습은 아이들에게 보여주지 않았다. 그렇게 잘 참고 견뎌왔지만, 세 아이가 나란히 걷는 모습을 보는 순간 눈물이 흘렀다. 행복의 눈물이었다. 감사함의 눈물이다. 수많은 장애물 사이에서 기회라는 녀석을 잡고야 말았다. 알베르트 아인슈타인의 명언을 확인하는 순간이었다. 구름 한 점 없이 맑은 하늘이 나와 삼 남매의 머리 위에서 빛나던 날이었다.

7

우리를 응원해 주는 사람들

You are not alone But I am here with you

(당신은 혼자가 아니에요. 내가 여기에 당신과 함께 있으니.)

Though you're far away I am here to stay

(비록 당신은 멀리 있지만 내가 여기에 머물러 있으니.)

But you are not alone I am here with you

(당신은 혼자가 아니에요. 내가 여기 당신과 함께 있잖아요.)

⟨You Are Not Alone⟩ – Michael Jackson

나는 이 노래가 참 좋다. 가사와 멜로디까지 무엇 하나 마음에 들지 않는 부분이 없다. "You are not alone." 당신은 혼자가 아니라고 나에게 이야기해 주는 것 같아 듣고만 있어도 힘이 난다.

셋째를 낳은 순간부터 나는 늘 혼자라 생각했다. 이 세상에 나만 남겨져 있는 듯한 느낌. 외롭고 힘들고 속상했다. 세상 사람들과 섞이지 못했던 나는 이방인을 자처하며 늘 혼자였다. 셋째를 키우면서 많은 아픔과 고통을 겪었다. 매일 슬픔 속에 빠져 있었다. 말로는 표현하기조차 어려운 깊고 어두운 슬픔 속에서 하루하루를 간신히 버텨왔다. 내가 느끼고 있는 아픔을 아는 사람은 없을 거라고 생각했다.

왕복 네 시간이 넘게 걸리는 병원을 밥 먹듯 찾아갔다. 오전 예약이 있는 날에는 해가 뜨기 전에 출발했다. 진료 후 퇴근 시간과 겹치기라도 하면 하루 종일 도로 위에 있어야만 했다. 운전을 해줄 사람도 없었고 아이를 함께 봐 줄 사람도 없었다. 운전하며 뒷자리, 카시트에 앉아 있는 아기를 룸미러로 중간중간 살펴보았다.

중간에 아기가 울기라도 하면 식은땀이 났다. 복잡하고 낯선 도시 한복판에 잠시 차를 세울 곳을 찾는 것은 쉽지 않았다. 아기의 울음소리는 더 커지고 온몸은 식은땀으로 흥건했다. 어디인지도 모르는 곳에 차를 세웠다. 뒷자리 아기에게 건너가 기저귀를 갈아주고 코에 끼워져 있는 튜브로 분유를 넣어 준 후 토닥토닥 아기를 다시 재운다. 이렇게 두어 번을 반복하고 집에 오면 내 몸은 천근만근 무겁기만 했다. 하루 종일 엄마를 기다리고 있던 큰아이들을 들여다볼 틈도 없이 저녁을 하고 아이들을 씻긴다. 저녁 늦게까지 일을 하고 밤이 되어서야 퇴근하는 남편에게도 투정 한마디 할 수 없었다. 함께 병원에 가주고 기저귀 가방만이라도 들어 달라고 부탁하고 싶었지만 그럴 수는 없었다. 남편 역시 치열하리만큼 힘든 하루를 보내고 왔다는 것을 알고 있었기 때문이다.

여러 가지 검사를 하고 무언가를 결정할 때도 난 혼자였다. 의학적 지식이 없는 내가 모든 것을 결정해야 한다는 것은 무섭고 두려운 일이었다. 아이의 목숨이 내 말 한마디에 결정되는 것 같아 괴로웠다.

"자기야. 오늘 다시 ○○검사를 해야 한다는데, 지난번에도 이 검사를 했었잖아. 그때 검사가 잘 진행되지 않았나 봐. 그래서 다시 해보자고 하는데 너무 힘든 검사라 망설여져. 어떻게 하는 것이 좋을까?"

"내가 뭘 알겠어? 당신이 웅이 상태는 더 잘 알고 있잖아. 당신이 알아서 해."

"아니, 내가 의사도 아니고 나도 결정하기 힘들어서 당신한테 전화한 거잖아!"

"지금 오래 통화할 수 있는 상황 아니야. 그러니까 당신이 알아서 잘 결정해."

잘 결정하라고? 잘 결정하기가 어려워 전화했는데…. 남편과의 대화는 늘 이런 식이었다. 의논할 사람도 없었고, 모든 것을 책임져야 하는 사람도 나였다. 힘든 검사를 하는 아이를 지켜보는 것도, 쉽지 않은 병원 생활을 하는 것도 모두 다 나의 몫이었다. 이렇게 모든 순간, 나는 항상 혼자였다.

힘든 병원 생활로 많이 지쳐 있던 내가 나쁜 생각이라도 할까 매일 초조해하셨던 엄마는 충분히 잘하고 있다고 격려해 주셨고, 울고 싶을 땐 소리 내어 울어도 된다고 하시며 내 마음을 편하게 해주려 노력하셨다. 너는 내 딸이고 세 아이의 엄마니까 분명 해낼 수 있을 거라고 응원을 아끼지 않으신 분이다. 나의 눈에서 눈물이 흐를 때, 엄마의 눈에서는 피눈물이 흘렀을 것이다.

"동임아. 엄마는 너를 생각하면 마음이 너무 아파. 귀한 내 새끼가 얼마나 힘드니? 너는 충분히 잘하고 있으니까 너무 자책하지 말거라. 엄마는 항상 네 편이란다."

전화기 너머 떨리는 엄마의 목소리가 느껴졌다. 아픈 손주를 키워야만 하는 당신의 딸이 얼마나 안쓰러웠을까? 내가 느끼는 슬픔보다 엄마의 슬픔은 더 컸을 것이다. 아무것도 해줄 수 없는 당신이 미웠을 것이다.

셋째의 오랜 입원 기간 중 큰아이들을 애틋하게 살펴주셨던 시부모님. 혹 엄마의 빈자리가 느껴질까 봐 최선을 다해 아이들을 돌봐 주셨다. 시부모님 덕분에 아이들은 밝고 예쁘게 자라주었다. 병원 생활을 하는 며느리가 걱정되어 맛있는 반찬을 수시로 배달해 주시기도 했다. 그렇다. 나는 분명 사랑받고 있었다.

아픈 아이를 혼자 봐야 한다는 것이 화가 날 때면 남편에게 소리를 질러댔다. 욕을 하기도 하고, 당신이 원망스럽다며 악다구니를 쏟아 내기도 했다. 남편은 그런 나의 투정과 슬픔을 아무 말 없이 다 받아주었다. 힘내라는 말도 하지 않았다. 엄마니까 해야 한다는 부담스러운 이야기도 하지 않았다. 그냥 묵묵히 나의 이야기를 들어줄 뿐이었다. 그렇게 소리를 지르고 한바탕 울고 나면 속이 조금은 시원해졌다. 남편은 그런 나를 안아주며 내 마음에 깊이 공감해 주었다.

생각해 보니, 나는 혼자가 아니었다. 나를 사랑하고 지지해 주는 사람들이 많다는 것을 느꼈다. 언제나 항상 내 편이었던 남편, 든든한 지원자였던 가족들, 나의 마음에 공감해 주며 고개를 끄덕여 주던 친구들, 도움을 청하면 우리를 힘껏 도와줬던 이웃들, 우리를 위해 기도를 해주었던 많은 분…. 이렇게 많은 사람에게 우리 모자는 사랑받고 있었다. 그런 사실은 잊은 채, 넓은 세상에 나 혼자 남겨졌다는 생각으로 괴로웠던 적이 많았다. 내 마음을 알아주는 사람은 없을 거라고 단정 지었다. 깨닫고 보니, 나는 혼자가 아니었다. 혼자가 아니었음을 알게 된 순간 든든함이 느껴졌다. 가족이나 주변 사람들에게 응원받을 때마다 무엇이든 해낼 수 있을 것 같은 자신감이 생겼다. 응원해 주는 사람이 있다면 불가능은 없다. 외롭고 처참했던 내 마음에 따뜻한 불빛 하나가 생겼다.

"You are not alone." 너는 혼자가 아니야.

8

너를 만난 후 매일 기적이야

눈으로 세상을 볼 수 없고, 귀로 아름다운 소리도 듣지 못하고, 입으로 마음을 표현하는 말도 할 수 없던 헬렌 켈러. 우리에게 유명한 인물이다. 세 가지의 장애를 가지고 있던 그녀지만 설리번 선생님을 만나 멋진 여성으로 성장할 수 있었다. 5개 국어를 습득한 헬렌 켈러는 장애를 극복한 대표적인 인물로 소개된다. 그녀는 작가, 사회 운동가, 장애인 인권 운동가로 활약했다. 헬렌 켈러가 쓴 『사흘만 볼 수 있다면』이라는 책을 읽고 감사함의 눈물을 흘렸던 기억이 난다. 우리에게는 당연한 것들이 누군가에게는 당연한 일이 아니란 것을 알게 되었다. 계절의 변화를 눈으로 볼 수 있는 것, 사랑하는 사람들의 목소리를 들을 수 있다는 것, 아름다운 단어들로 내 마음을 표현할 수 있다는 것. 이 얼마나 감사한 일인가! 헬렌 켈러는 이렇게 말한다.

"내일 못 볼 것처럼 눈을 사용하세요. 내일 듣지 못할 것처럼 소리를 들어보세요. 내일 마비될 것처럼 만져 보세요. 내일 맡지 못할 것처럼 음식을 음미해 보세요. 그 즐거움과 아름다움에 기뻐하고 감사하세요."

아픈 셋째 때문에 긴 병원 생활을 해야만 했다. 우리 가족은 뿔뿔이 흩어졌다. 큰아이들은 할머니 댁에서 유치원에 다니게 되었고, 남편은 전국 이곳저곳 출장을 다녔다. 그 시절, 우리 가족의 가장 큰 꿈은 '함께 사는 것'이었다. 함께 밥을 먹고, 함께 이야기를 나누고, 함께 잠이 드는 평범한 일상이 우리에겐 공통된 꿈이었다.

"엄마! 엄마랑 자고 싶어. 엄마가 너무 보고 싶어. 나도 엄마랑 살고 싶어. 엄마 언제 올 거야? 나는 엄마랑 있고 싶단 말이야…. 엄마 손도 잡고 싶고, 안고 싶어."

흐느끼며 말하는 둘째의 이야기는 알아듣기도 힘들었지만, 그 마음은 고스란히 느껴졌다. 엄마랑 살고 싶다는 둘째의 평범한 소원도 들어주지 못하는 상황. 가슴이 찢어지는 것만 같았다. 매일 밤 전화기 너머로 들려오던 둘째의 슬픔을 생각하면 지금도 가슴이 아프다.

"율아! 그만해! 너 계속 그렇게 하면 엄마가 더 힘들잖아! 울지 마. 언니가 안아줄게. 언니랑 손 붙잡고 자자. 엄마 슬프게 하지 않기로 언니랑 약속했잖아."

다섯 살 언니가 네 살 동생을 달래주는 소리가 들렸다. 분명 큰아이도 엄마가 그리웠을 것이다. 엄마가 보고 싶다고 동생보다 더 큰 목소리로 소리치고 싶었을지 모른다. 고작 다섯 살밖에 되지 않은 녀석이 본인의 마음은 숨긴 채 동생을 달래주는 소리를 듣고 눈물이 흘렀다. 첫째와 둘째는 매일 밤 엄마를 그리워하며 그렇게 자라고 있었다. 그때 첫째와 둘째의 소원은 '동생이 건강해지는 것' 그리고, '가족이 함께 사는 것'이었다.

셋째 아이가 두 눈으로 세상을 볼 수 없을 거라던 첫 번째 진료와는 다르게 희미하게나마 한쪽 시력이 남아 있다는 것을 알고 "감사합니다!"라고 외쳤다. 두 눈으로 세상을 보는 것이 당연한 일이지만 우리에게는 시력이 남아 있다는 것 자체가 감사함이었다. 몸 이곳저곳에 문제가 있고, 결국 희귀 난치 질환이라는 것을 알게 되었을 때도 나는 울지 않았다. 강한 엄마이고 냉정한 엄마이기 때문은 아니었다. 아이가 내 옆에 있어 주는 것만으로도 감사한 일이라는 것을 알고 있었기 때문이다. 듣고 싶지 않은 최악의 말들도 많이 들었다. 그 말들은 뾰족한 송곳이 되어 나의 가슴을 찔렀다.

가슴에 큰 구멍이 생겼고, 죽고 싶다는 생각을 한 적도 있었다. 그런데 이 모든 것들을 비웃기라도 하듯 셋째 아이는 잘 자라주고 있다. 여전히 또래보다 작고 느리지만 본인만의 속도로 성장하고 있다. 장애라는 꼬리표와 평생을 함께해야 하겠지만 장애라는 것에 굴하지 않는 단단한 힘을 아이에게 주고 싶다. 장애는 불편하지만, 불행한 것은 아니라는 것을 믿게 해주고 싶다. 나는 많은 것을 바라지 않는다. 바랄 필요도 없다. 내 옆에서 앙증맞은 입으로 이야기하고, 힘껏 달려와 나에게 안겨주는 것, 나의 손을 잡고 나란히 걷는다는 것만으로도 아주 행복하다. 이 모든 순간은 기적이다.

셋째 아이는 우리에게 기적을 선물해 준 특별한 존재이다. 셋째 아이로 인해 우리 가족에게는 많은 변화가 일어났다. 작은 것에도 감사하게 되었고, 가족이 함께한다는 것이 세상 최고의 행복이라는 것도 깨닫게 되었다.

셋째 아이로 인해 나의 모든 것이 달라졌다. 인생관이 달라졌고, 교육관이 달라졌다. 무조건 공부 잘하는 아이, 똑똑한 아이로 키우는 것이 중요하다고 생각했던 나는 이제 없다. 하나부터 열까지 잔소리하고 내 말이 곧 법이라던 고집불통 엄마는 사라졌다. 무엇이 중요한 것인지를 깨닫게 되었다. 기적은 멀리 있는 것이 아니란 것을 가르쳐준 셋째 덕분에 우리 가족은 감사함을 알게 되었다.

토머스 브라운 경은 "우리가 찾는 기적은 바로 우리 안에 있다."라고 말했다. 우리 가족에게 일어나고 있는 모든 것들은 기적이다. 함께 맛있는 음식을 먹고 이야기를 나누는 이 순간이 기적이다. 아침에 눈을 떠 오늘 날씨를 확인하는 것, 잠자리에 들며 사랑한다고 이야기할 수 있는 것이 기적이다. 평범한 일상이라 생각되는 모든 것은 감사함이고 기적이다. 기적은 멀리 있지 않다. 하루하루가 기적의 순간으로 빛난다. 지금, 이 순간에도 우리 가족에게는 기적이 일어나고 있다.

하얀 눈이 내리는 것을 보며 세 아이가 나란히 앉아 웃고 있는 지금. 따뜻하고 평화로운 집에서 나의 이야기를 쓰고 있는 지금. 이 순간도 기적이다.

3장

게으른

엄마라

방목

육아합니다

아침잠 많은 엄마의 루틴

　90년대 하이틴 스타로 최고의 인기 배우였던 이미연 씨가 찍은 화장품 광고가 생각난다. "미인은 잠꾸러기!"라고 세상에 당당하게 외쳤던 광고. 누구나 한 번쯤은 들어봤을 만큼 유명했던 광고이다. 광고 문구를 누가 만들었는지는 모르겠지만 참 마음에 드는 문구이다.

　이 광고가 유행했을 때 전국의 잠꾸러기들은 한 번쯤 외쳐봤을 것이다. "미인은 잠꾸러기!" 잠꾸러기들의 핑곗거리로는 딱 맞은 귀에 꽂히는 한마디였다.

나는 어릴 적부터 아침잠이 많았다. 밤새울 자신은 있었지만, 아침 일찍 일어나는 것은 자신 없었다. 엄마가 수십 번을 부르고 깨워야 간신히 일어났다. 시끄러운 알람 시계도 소용없었다. 아빠는 나를 깨우다가 속이 터지는 경험을 몇 번 하셨다고 한다. 학교에서 멀지 않은 곳에 살고 있었지만, 아침잠이 많은 이유로 항상 간신히 지각을 면했다. 이렇게 아침잠이 선천적(?)으로 많은 내가 세 아이의 엄마가 되었다. 엄마가 되면서 걱정되었던 것 중의 하나가 바로 '잠'이었다. 시도 때도 없이 수유해야 하고, 기저귀를 갈아줘야 할 텐데…. 아침잠이 많은 나인지라 아기의 울음소리라도 듣지 못하면 어쩌나 하는 걱정이 되었다.

첫째가 태어나고 초보 엄마의 육아 행군이 시작되었다. 이 녀석은 수면 스타일이 나랑 똑같은 아이였다. 아니, 나보다 더 독한 녀석이었다. 첫째는 밤에 잠을 자지 않았다. 절대로 자는 법이 없었다. 밤을 하얗게 지새우고 남편이 출근할 때쯤 잠이 들었다. 백일의 기적 따위도 없었다. 백일이 지나도 큰아이의 수면 패턴은 좋아지지 않았다. 첫째의 수면 패턴이 좋아지기도 전에 둘째가 태어났다. 첫째는 여전히 잠을 자지 않았고 둘째는 세상 밖으로 나왔다. 잠을 자지 않는 큰 녀석과 신생아의 조합. 듣기만 해도 살이 쭉쭉 빠지는 듯한 느낌이 든다. 엄마의 강제 다이

어트를 걱정했는지 둘째는 순둥이였다. 잠도 잘 잤다. 모빌을 보고 혼자 놀다 잠이 들고 보행기를 타다 가도 잠이 들 정도로 순한 녀석이었다. 신생아인 둘째가 잠을 자지 않는 것이 아니라 두 살 먹은 첫째가 잠을 자지 않는 이상한 상황은 계속되었다.

셋째가 태어난 후부터 아침잠이 많았던 나의 모습은 사라졌다. 아픈 아이를 키운다는 것은 부지런한 엄마가 되는 것이다. 아침잠이 많아 학교 지각을 간신히 면했던 내가 아침잠이 없는 엄마로 변한 것은 셋째 때문이다. 새벽같이 일어나 큰아이들을 챙겨 유치원에 보내고, 빠른 손놀림으로 집안일을 한 후 셋째를 데리고 병원으로 출근했다. 일찍 병원에 가야만 많은 치료를 받을 수 있었기에 나의 하루는 항상 이른 새벽에 시작되었다. 엄마가 아닌 아침잠이 많았던 나였더라면 절대 할 수 없었던 일이다.

병원에 입원이라도 하는 날에는 잠 자체를 포기해야 했다. 수시로 아이의 상태를 체크하러 들어오는 간호사 선생님들, 여러 가지 이유로 깊은 잠이 들지 못하는 아이들이 함께 생활하는 공간이었던지라 내 집처럼 편할 수는 없었다. 같은 병실을 쓰고 있는 아이가 울기라도 하면 병실 전체의 아이들이 우는 것은 당연할 일이었다. 아픈 아이를 돌보는 보호자들의 아침은 세상 밖 사람들보다 일찍 시작되었다.

수면이 늘 부족하다 보니 하루 종일 멍~한 상태가 계속되었다. 잠을 자지 못한다는 것은 꽤 힘든 일이었다. 아침잠이 많았던 나에게는 더더욱 힘든 일이 아닐 수 없었다. 나의 의지와는 상관없이 잠을 자지 못하니 체력은 바닥으로 떨어졌다. 병간호하고 있기에 영양 상태 또한 좋지 못했다. 엄마가 편하게 밥을 먹을 수 있도록 아픈 아이들이 도와줄 일은 없기 때문이다.

결국 내 몸이 고장 나버리고 말았다. 누가 봐도 엉망인 얼굴, 다 터져버린 입술, 멍한 눈동자. 아이가 타고 있는 유모차를 밀고 걸어 다니는 것이 신기할 만큼 상태가 좋지 못했다.

"어머니! 지금 상태가 너무 안 좋으신 것 같아요. 웅이는 제가 잠깐 봐드릴 테니 진료받고 오세요."

담당 간호사 선생님이 보기에도 내 상태가 좋아 보이지 않았던 것 같다. 병실 밖으로 나와 옆 건물, 본관으로 향했다. 따뜻한 햇살, 살랑거리는 바람, 흩날리던 벚꽃. 마음이 시릴 만큼 찬란하게 빛나던 봄이었다.

"요즘 피곤하고 신경 쓸 일이 많으신가요? 몸 상태가 좋지 않네요."

"아…. 지금 아이가 입원 중이거든요. 아무래도 병원에 있다 보니 몸이 힘든가 봐요. 잠도 제대로 못 자고 밥도 제대로 먹지 못하니까요."

"그러셨군요. 아픈 사람보다 간호하는 사람이 더 힘든 것이 병원 생활이죠. 힘드시겠어요. 저는 힘내라는 말은 하지 않겠습니다. 힘내라는 말을 하지 않아도 젖 먹던 힘까지 끌어 모으는 사람이 보호자들이더라고요. 그런 분들에게 힘내라는 소리를 또 한다는 것은 너무 가혹한 것 같다는 생각이 들어서요."

의사 선생님의 이야기가 감사했다. 마음 한쪽에 있었던 죄책감이 사라지는 것 같았다. 아이 셋을 키우며 잠꾸러기 미인이 된다는 것은 있을 수 없는 일이었다. 엄마는 무조건 부지런해야 한다고 생각했다. 사실, 자고 싶을 때 자고 일어나고 싶을 때 일어나 보는 것이 소원이었다. 하지만, 이런 생각을 한다는 것 자체가 부족한 어미임을 인정하는 것 같아 숨겨 두었다.

이제 더 이상 숨기지 않는다. 삼 남매도 아침잠이 많은 엄마를 이해해 준다. 아침잠이 많은 엄마가 나쁜 엄마라는 법은 없지 않은가? 아이들의 모습과 성향이 다른 것처럼 엄마들의 성향과 모습도 다를 수 있다고 생각한다.

요즘 많은 엄마가 '미라클 모닝'을 통해 자기 계발에 힘쓰고 있다. 일과를 시작하기 전에 나의 계발에 힘쓴다는 것. 참 좋다. 미라클이라는 이름에서 느껴지듯 참 좋은 루틴이다. 나도 한때는 미라클 모닝을 시도해 보았다. 새벽에 일어나 책을 읽고, 차를 마시며 신문 읽기도 했다.

나의 모닝이 미라클하게 변하길 바랐지만, 결론부터 이야기하자면 아침잠이 많은 나에게는 맞지 않았다. 미라클 모닝을 한 날이면 두통에 시달렸고 신경이 예민해졌다. 종일 피곤한 탓에 아이들에게 짜증을 내는 횟수도 많아졌다. 나에게는 '미라클' 모닝이 아닌 '패인(pain)' 모닝이 된 것이다.

그래서 나는 '미라클 모닝'이 아닌 '미라클 나이트(night)'를 하기로 결심했다. 나의 생활 습관에 맞춘 것이다. 미라클 모닝이면 어떻고, 미라클 나이트면 어떠한가? 나에게 맞는 루틴을 찾고 자기 계발에 힘쓴다는 것이 중요한 것 아닐까? 부지런한 엄마인 척 사는 것보다 나의 패턴에 맞춰 사는 지금이 좋다. '미라클 나이트' 사람들이 깊은 잠에 빠져 있을 때의 고요함이 좋다. 글을 쓰고 책을 읽는 순간도 행복하다.

아침잠이 많은 잠꾸러기 엄마인지라 아이들에게도 서두르라고 강요하거나 잔소리하지 않는다. 지각하거나 생활에 방해가 되는 게으름이 아니라면 문제 될 것 없다. 나는 앞으로도 "미인은 잠꾸러기!"라는 핑계를 당당하게 외칠 생각이다.

2

제주도에서 살아보기

떠나요 둘이서 모든 걸 훌훌 버리고

제주도 푸른 밤 그 별 아래

가수 최성원의 〈제주도의 푸른 밤〉은 내가 좋아하는 노래 중 하나이다. 그 노래를 듣고 있는데 큰아이가 나에게 말했다.

"엄마. 우리도 가족여행 가면 안 돼?"

"가족여행?"

"응. 가족여행. 친구들은 방학 때 다들 가족여행 간다던데, 우리는 가족여행 가본 적도 없잖아. 엄마는 매일 병원에 있었으니까."

"웅이가 아파서 어쩔 수 없었잖아."

"그건 아는데···. 나도 가족여행 가보고 싶어. 엄마랑 아빠랑 우리 식구 다 같이 여행 가고 싶어. 비행기도 타보고 싶고···."

"그래. 우리가 다 같이 여행을 가본 적은 없구나···."

우리 다섯 식구는 많이 지쳐 있었다. 셋째 아이 케어와 혼자만 하는 육아에 지쳐 있던 나, 엄마와 오랜 시간 떨어져 외로움을 안고 살았던 큰아이들, 밤낮으로 쉬지 않고 일에 빠져 있던 남편. 우리에겐 함께 하는 시간과 서로의 마음과 감정을 나눌 시간이 필요했다. 다른 것들의 방해 없이 오롯이 가족과 함께하는 시간이 필요한 순간이었다. 가족여행. 보통의 가족과는 다르게 우리에게는 그리 쉬운 일은 아니었다.

우선, 언제 아플지 모르는 시한폭탄과 같은 셋째를 데리고 여행을 간다는 것은 누가 봐도 어려운 일이었다. 재활치료 일정을 뺀다는 결정도 쉽지 않았다. 또한 남편이 일을 쉴 수 있는 상황이 아니었다. 아이의 병원비를 비롯해 다섯 식구의 생계를 혼자 책임져야 하기에 쉽사리 일을 포기할 수는 없었다. 셋째가 태어난 이후 가족여행은커녕 가족이 함께 시간을 보내는 것도 쉽지 않았던 우리에게 가족여행이라는 말은 상상만으로도 달콤했다. 아이들과 이야기를 한 후 오랜 시간 고민했다. 가족여행을 가고 싶은 마음은 나 역시 굴뚝같았지만, 이러저러한 문제들이 발목을 잡고 있었기에 쉽게 결정할 수는 없었기 때문이다.

아무 죄 없는 큰 녀석들을 생각하면 안쓰럽고 미안했다. 오랜 시간 엄마와 떨어져 있었던 아이들이 애틋했다. 모든 부모가 그러하듯 아이들이 원하는 모든 것을 해주고 싶었다. 비싼 장난감을 사달라는 것도 아니고 엄마, 아빠와 함께 여행을 가고 싶다는 소박한 꿈을 이루어 주고 싶었다. 큰마음을 먹고 셋째의 치료 일정을 뺐다. 재활치료도 중요했지만, 그동안 함께 하지 못한 시간에 대한 보상도 있어야 한다고 생각했기 때문이다. 남편도 운 좋게 제주도에서 일을 할 수 있게 되었다. 남편의 일까지 정해졌기에 망설일 이유는 없었다. 일이 술술 풀리는 느낌이 들었다.

비행기가 타보고 싶다는 큰아이들의 소원을 들어주기 위해 가족여행의 목적지는 제주도로 정했다. 함께 하지 못했던 시간 동안 잘 참고 견뎌준 아이들을 위해 '제주도 한 달 살기'를 계획했다.

"빈아. 율아. 우리 가족여행 가기로 했어."

"와! 정말? 정말 가는 거야? 어디로 가는 거야? 아빠도 같이 가는 거지? 우리 다섯 식구 함께 가는 거지?"

"그럼, 아빠도 같이 가야지. 다섯 식구 합체! 제주도로 갈 거야. 너희들이 원한다면 가는 거야! 제주도로!"

아이들이 큰 소리로 웃으며 소리를 질렀다. 그동안 엄마와 떨어져 있었던 시간에 대한 보상이라도 받은 듯 기뻐하는 아이들을 보니 행복했다. 큰 녀석들은 "다섯 식구 합체!"라며 노래를 불렀다. 가족이 함께한다는 것만으로도 우리는 행복했다. 제주도에서의 생활이 기대됐다. 아이들의 행복한 웃음을 보니 그동안 힘들었던 시간에 대한 보상을 받는 것 같았다.

아이들의 웃음을 못 본 척 살아왔다. 아이들의 웃음보다 나의 욕심이 먼저였고 아이들의 마음보다 나의 마음이 먼저였다. 무조건 똑똑하게 키우는 것이 최고라 생각하며 정서적 교감 따위는 없었던 그런 엄마였다. 셋째 아이를 낳고 많은 것이 달라졌다. 나의 교육관이 달라졌고 인생관이 달라졌다. 삶 자체가 달라진 것이다. 어떤 것이 중요한 것인지에 관한 생각 또한 달라졌다. 작은 것에도 감사함을 찾을 수 있는 우리가 되었고, 가족의 소중함도 알게 되었다. 아이들의 말에 귀를 기울일 줄 아는 엄마가 되었고 아이들의 웃음을 보며 행복을 느끼는 엄마가 되었다.

예전의 나였더라면, '제주도 한 달 살기'를 쉽게 결정하지 못했을 것이다. 쓸데없는 시간 낭비라 생각하며 아이들의 입을 막았겠지…. 하지만 이제는 무엇이 중요한 것인지를 아는 엄마가 되었다. 아이들의 웃음보다 더 값진 것은 없다는 것을 아는 엄마가 된 것이다. 가족이 함께하는 시간이 얼마나 소중한 것인지도 알게 되었다.

보통의 가족이 느끼는 것 이상의 가치가 있는 우리 가족의 '제주도 한 달 살기'를 결정했을 때 반짝반짝 빛나던 아이들의 눈빛이 아직도 생생하다. 세상을 다 가진 것처럼 기뻐하며 소리를 지르던 큰아이들. 그런 누나들의 모습을 보며 덩달아 엉덩이를 들썩이던 막내. 행복이란 단어로도 표현되지 않을 만큼 너무나 행복했던 그날. 우린 다 같이 외쳤다.

"다섯 식구 합체! 출발!"

3

우리의 계획은 없을 무(無)!

"가장 완벽한 계획이 뭔지 아니? 무계획이야. 무계획. 계획을 안 세우니 실망할 일도 없지."

영화 〈기생충〉에 침수된 집을 버리고 대피소에 들어간 기택(배우 송강호)이 아들에게 했던 이야기이다.

인생이란 것은 계획대로 정확하게 흘러가지 않는다. 훌륭하고 멋진 계획을 세워놨다 해도 계획대로 되지 않는다. 계획대로 흘러간다면 걱정할 일도 없을 것이고 좌절할 일도 없을 것이다. 한편으로 생각해 보면 계획대로 흘러가지 않아 인생살이가 더 재미있는 것은 아닐까 하는 생각도 든다.

세 아이를 낳고 키우며 내 계획대로 일이 진행된 적은 몇 번 되지 않는다. 아픈 아이를 낳고 많은 눈물을 흘릴 것이라는 계획은 나에겐 없었다. 가족들이 흩어져 서로를 그리워하는 시간을 보낼 것이라는 계획도 없었다. 그렇게 예상치 못한 일들이 일어났다. 세 아이 모두 건강하고 멋지게 자랄 것이고 그렇게 만들기 위한 나름의 계획을 세워놨지만 결국 그 계획들은 세상 밖으로 나오지도 못했다. 계획대로 되지는 않았지만, 우리가 더 단단한 마음을 가질 수 있는 계기가 된 것은 사실이다. 그럴 때마다 2019년 개봉한 봉준호 감독의 영화 〈기생충〉에 나오는 배우 송강호의 대사처럼 가장 완벽한 계획은 무계획이 아닐까 하는 생각이 든다.

셋째 아이가 태어난 이후 가족여행은 처음이었다. 사실 셋째가 태어나기 전에도 가족여행은 없었다. 아이들의 공부가 우선이라며 여행 따위는 사치라 생각했다. 가족과 함께하는 시간보다 더 중요한 것은 공부라 믿었다. 또한 '먹고살기 바빠서'라는 핑계로 가족여행은커녕 나들이 한번 가기도 어려웠던 우리였다. 이제는 어떤 것이 중요한 것인지 분명하게 알고 있다. 큰아이들의 말을 핑계 삼아 제주도 한 달 살기를 계획했지만, 사실 가장 행복했던 것은 나였다.

우리 가족은 제주도로 떠나기 전 가족회의를 통해 제주도 한 달 살기의 목표를 정했다. 첫 번째, 가족과 함께하는 시간 많이 갖기. 두 번째, 서로를 볼 때 눈에서 하트 뿅뿅 나오게 하기. 세 번째, 표현 많이 하기. 이렇게 세 가지 목표에 맞게 아무것도 없는 시골 마을의 독채 숙소를 빌려 5주 동안 지지고, 볶고, 울고, 웃고, 많은 이야기를 나누며 딱! 붙어 있었다. 우리의 목표는 '가족과 함께하는 시간 많이 갖기'였기 때문에 다른 것은 중요하지 않았다. 마트가 없어도 상관없었고, 놀이터가 없어도 상관없었다. 다섯 식구 합체면 충분했기 때문이다. 우리의 제주도 한 달 살기에는 거창한 계획도 없었다. 아침에 일어나 오늘 날씨를 확인하고 그날 기분에 따라 움직였다. 이것도 저것도 하기 싫은 날에는 온종일 집에서 복작거리며 아이들과 이야기를 나누기도 했다. 아무것도 하지 않아도 즐거웠다. 계획 없이 움직이는 것도 행복했다.

"엄마. 겨울인데도 오늘은 날씨가 엄청 좋아."

"그래? 어디 보자~ 와! 정말 날씨가 좋구나! 그럼, 우리 숙소 근처 학교 놀이터에 가서 놀까?"

"좋아! 놀이터에서 놀고 오는 길에 바다도 보고 오자."

이렇게 항상 즉흥적으로 움직였다. 겨울 제주는 바람이 불지 않으면 꽤 따뜻하다. 그런 날이면 숙소 근처 바다로 나가 보말을 따고 낚시를 했다. 보말을 삶아 칼국수도 만들어 먹었고, 운 나쁘게(?) 잡힌 물고기로 매운탕을 끓여 먹기도 했다. 집에 있기 답답한 날에는 느지막이 일어나 간식을 싸 들고 바다로 오름으로 소풍을 가기도 했다. 유명한 관광지가 아니어도 상관없었다. 제주의 멋진 풍경을 함께 보고 있다는 것만으로도 매우 행복했으니 말이다. 시시각각 변하는 제주의 하늘, 볼 때마다 달라지는 바다의 색, 어떤 물감으로도 흉내 낼 수 없는 바다 너머의 노을. 이 모든 것을 함께 바라보고 있던 삼 남매. 감동이었고 축복이었다.

완벽하고 거창한 계획을 세워 움직이고 싶지 않았다. 시간에 쫓기며 아이들에게 잔소리하는 내 모습을 보여주고 싶지 않았기 때문이다. 또한 계획대로 되지 않았다고 속상해하며 짜증내는 일은 애당초 만들고 싶지 않았다. 어차피 인생은 계획대로 흘러가지 않는다. 그래서 우리의 인생은 더 재미있어지고 스펙터클한 것 아니겠는가? 때에 따라서는 완벽한 계획보다 무계획이 성공적인 경우도 있는 것 같다. 완벽한 계획 속의 제주에서 한 달이라는 시간을 보냈더라면 제주의 이곳저곳은 가볼 수 있었겠지만, 무계획으로 보낸 것보다 즐겁지는 않았을 거로 생각한다.

계획이 없으면 어떠한가? 삼 남매와 함께 행복한 시간을 보냈으면 그만이다. 삼 남매가 많이 웃었으면 된 것이다. 다섯 식구 합체해서 온종일 함께했으니, 그것만으로도 충분했다. 우리가 정한 한 달 살기의 목표를 충분히 달성했으니, 그것만으로도 성공이다.

영화 〈기생충〉의 대사처럼 우리는 늘 무계획이었다. 계획을 세우지 않았기 때문에 실망할 일도 없고 아쉬워할 일도 없었다. 무계획 속의 한 달 살기는 행복으로 가득했다.

"엄마! 내일은 우리 뭐 해?"

"내일? 그건 아무도 모르지! 우리의 계획은 무계획이니까!"

잔소리를 버리고 대화를 선택하다

만약 잔소리 자격증이 세상에 존재했다면 나는 그 자격증을 우수한 성적으로 발급받았을 것이다. 사실, 나도 잔소리하고 싶지 않은 사람이다. 잔소리는 하는 사람도 힘든 일이기 때문이다. 매일 같은 말을 반복한다는 것은 사람을 지치게 만든다. 이렇게 서로가 피곤한 잔소리를 달고 살았던 이유는 딱 한 가지이다. 아이들을 위해서, 아이들이 잘되길 바라기 때문이었다. 잔소리를 많이 하면 아이들이 잘 자라줄까? 천만의 말씀이다. 잔소리로 인해 얻는 긍정적인 효과는 하나도 없다.

잔소리 자격증을 가지고 있었을 때 감정 섞인 말들로 아이들의 마음에 상처를 주었다. 비난 섞인 말, 비교하는 말들로 아이들을 무기력하게 만들었으며, 반복적인 말로 아이들을 지치게 했다. 아이들을 위한 말이라 생각했던 것은 나만의 착각이었다. 엄마의 잔소리로 아이들은 점점 소극적으로 변했다. 자신의 의견을 당당하게 이야기하지도 못했다. 그때 아이들은 항상 내 눈치를 살피며 의기소침했던 모습이었다.

나는 잔소리 자격증을 버리기로 했다. 셋째가 태어난 이후 아이들은 잔소리로 자라는 것이 아님을 알게 되었다. 잔소리를 퍼부었던 것은 아이들을 위한 일이 아닌, 나의 욕심 때문이었음을 인정했다. 아이들의 성장에 잔소리는 백해무익, 이로울 것이 하나도 없다는 것을 알게 되었다. 내가 낳은 자식이지만 나와는 다른 존재임을 인정하기로 했다. 아이들은 나의 소유물이 아니다. 내가 계획하고 그려놓은 그림 속에 들어와 사는 아이들이 아니라 스스로 계획하고 그림을 그릴 수 있도록 돕기로 했다. 조급함과 욕심을 버리고 있는 그대로 아이들을 존중하기로 마음먹었다. 잔소리가 아닌, 조언을 해주기로 한 것이다.

잔소리를 달고 살았던 나였던지라 잔소리 자격증을 버린다는 것이 쉬운 일은 아니었다. 아이들이 거슬리는 행동이라도 하면 욱! 하고 올라오는 감정을 못 본 척하는 것이 어려웠다. 그런데도 끊임없이 노력했다. 감정 섞인 말을 하지 않고 객관적으로 상황을 판단하려고 애썼다. 비난하고 비교하던 부정적인 감정 대신 긍정적인 감정을 섞어 이야기했다.

"사랑하는 큰딸. 빈아. 과자를 다 먹었으면 어떻게 하는 것이 좋을까?"

"아! 맞다! 깜빡했네. 엄마. 지금 바로 정리할게."

"귀염둥이 둘째 딸. 율아. 처음부터 잘하는 사람은 없어. 엄마도 처음에는 엉망진창이었는데 계속 노력하다 보니 이렇게 된 거야."

"그래? 엄마도 처음에는 나랑 같았던 거야?"

"그럼. 사실 엄마는 율이보다 더 못했어. 쉿! 비밀이야."

이름을 부를 때도 나의 감정을 표현하며 불러줬다. 어떠한 일이 생겼을 때는 스스로 생각하고 인정할 수 있는 시간을 주었다. 성격 급한 내가 아이들을 기다려 주고, 고집불통이었던 내가 아이들의 선택을 존중해 주는 것이 처음에는 어려웠다. 그런데도 포기하지 않았다. 아무런 이유 없이 나를 사랑해 주는 아이들을 위해서라면 못할 것은 없었다.

잔소리 자격증을 버리고 아름다운 말들로 아이들과 대화하며 깨달았다. 잔소리와 조언은 종이 한 장 차이라는 것을…. 아이들은 잔소리가 아닌 대화로 성장한다는 것을…. 말하는 태도를 바꾸고, 편하게, 침착하고 간단하게 이야기하면 아이들은 내 말에 귀를 기울였다. 듣기 싫은 잔소리가 아닌 나를 위해 하는 말이라는 것을 아이들도 아는 것 같았다. 백해무익한 잔소리보다 무해백익한 대화를 통해 우리 가족은 더 행복해질 수 있었다.

"엄마. 나는 엄마가 세상에서 제일 좋아!"
"정말? 엄마가 왜 좋은데?"
"음…. 엄마니까! 엄마니까 좋지!"

엄마라서 좋다는 아이들. 아무 조건 없이 엄마라는 이유만으로 차고도 넘치는 사랑을 주는 삼 남매이다. 내가 어디에서 이런 큰 사랑을 받을 수 있을까? 잔소리 자격증을 버리니 아이들의 행동 하나하나가 모두 예뻐 보이기만 했다. 한 발짝 뒤에서 아이들을 바라보면 잔소리할 이유가 없어진다. 이렇게 사랑스러운 아이들에게 가시 돋친 말과 부정적인 말들을 쏟아 냈던 과거의 모습을 반성한다.

사랑만 하며 살기에도 턱없이 부족한 시간이다. 가족이 함께하는 시간도 그리 길지 않다. 삼 남매와 함께하는 시간을 잔소리로 무의미하게 흘려보냈더라면 땅을 치며 후회했을 것이다. 잔소리를 버린 이후 아이들은 더 이상 내 눈치를 살피지 않는다. 본인의 생각도 당당하게 표현한다. 일방적인 잔소리가 아닌 함께 하는 대화가 이어진다. 세 아이와의 대화 소리가 넘치고 웃음소리로 가득한 하루하루가 즐겁고 행복하다.

5

가족 일기를 쓰며 달라진 것

서울 아산병원 정신건강의학과 신동준 선생님의 '일기의 긍정적 효과'에 대한 칼럼을 보았다. 일기는 단순히 반복되는 것 같은 일상을 구체적이고 개별적인 하루로 만들어 준다고 한다. 일기를 쓰기 위해서는 지나칠 만한 사실과 감정들을 기억 속에 붙잡아 놔야 하고, 그 기억을 바탕으로 일기를 쓰면 지루하고 밋밋하게 흘러가던 하루가 사실은 역동적이고 다채로운 색깔로 이루어져 있다는 것을 알아차리게 된다고 한다.

나는 큰아이들의 태교 일기를 쓴 이후 셋째를 낳고 다시 일기를 쓰기 시작했다. 힘든 마음을 일기를 통해 위로받았다. 하루를 되돌아보며 똑같은 실수를 반복하지 않으려고 일기를 썼고, 가슴 아픈 일이 있으면 일기장에 나의 감정을 토해내기도 했다. 일기를 쓴다는 것에는 장점이 많겠지만 내가 느낀 가장 큰 장점은 나의 인생을 사랑하게 된다는 점이다. 이런 장점을 가지고 있는 일기의 맛을 가족과 함께 나누고 싶었다. 제주도 한 달 살기를 계획하면서 가장 먼저 한 일은 '가족 일기'를 쓰기로 마음먹은 것이다. 엄마와 오래 떨어져 있었던 큰아이들의 마음에 공감과 위로를 해주고 싶었기 때문이다. 또한 제주도에서 느끼게 되는 감정을 고스란히 간직할 수 있게 해주고 싶었다. 나의 결심을 듣고 남편도 적극 찬성했다. 서점에 가 예쁜 노트를 사고 앞표지에 '가족 일기'라고 크게 쓰고 아이들을 불렀다.

"빈아. 율아~ 우리는 제주도에 가서 가족 일기를 쓰려고 해."

"가족 일기? 그게 뭔데?"

"빈이 율이 일기 쓰고 있지? 그거랑 똑같아. 다만 나 혼자 쓰는 일기가 아니고, 우리 가족이 함께 쓰는 일기인 거야. 제주도에서 한 달 살기 하면서 하루하루를 남기는 거지."

"나는 일기 쓰기 싫을 때도 많은데?"

"음…. 그럴 때는 그림을 그려도 좋아. 그림을 그려도 좋고, 정말 쓰고 싶지 않거나 쓸 이야기가 없다고 생각될 때는 쓸 것 없음! 이라고 적어도 돼. 그날그날 나의 마음과 느낌을 표현하는 일기니까 그렇게 적어도 돼."

"그래! 좋아!"

아이들의 동의를 구하고 우리의 가족 일기는 시작되었다. 큰아이들은 매일 매일 열심히 일기를 적었고, 글을 몰랐던 셋째는 누나들의 도움을 받아 그림을 그렸다. 정말 쓰고 싶지 않을 때는 본인의 손바닥을 대고 손 그림을 그리기도 했고, '쓰고 싶지 않음, 쓸 말이 없음.' 이런 식으로라도 마음을 표현하기도 했다. 나와 남편도 열심히 일기를 썼다.

가족 일기에는 많은 이야기가 담겼다. 동생이랑 싸워서 혼났다는 이야기, 엄마가 마음을 몰라주는 것 같아 서운했다는 이야기, 날씨가 따뜻해서 기분도 좋았다는 이야기, 일기 쓰기 싫다는 이야기 등등. 아이들이 그때의 마음과 감정을 솔직하게 써 주었다. 나는 아이들이 써 놓은 일기를 읽고 그 마음에 공감하며 내 생각을 써주곤 했다.

'동생이랑 싸웠는데 엄마가 나만 혼내서 속상했다.'

'엄마가 빈이만 혼낸 것 같아 속상했구나? 빈이 마음 속상하게 해서 미안해. 앞으로는 엄마가 빈이 마음을 더 들여다보도록 노력할게. 우리 빈이도 동생 마음을 들여다볼 수 있는 언니가 되었으면 좋겠어.'

'아빠가 불러서 나갔는데 별이 엄청 많고 반짝반짝 예뻤다.'

'별을 보고 있던 너의 눈도 반짝반짝 예뻤어.'

'무슨 식당에 가서 저녁밥을 먹었는데 너무 맛있어서 한 그릇 반을 먹었더니 배가 아주 불렀다.'

'맛있게 먹던 모습이 얼마나 귀여웠는지 알아?'

가족 일기를 쓰니 우리의 하루는 더 풍요롭게 빛났다. 그냥 지나칠 만한 일들도 고스란히 기억하게 되고, 재미없다고 느껴지는 지루한 하루는 없었다. 하루하루가 즐거웠고 신났다. 아무것도 하지 않고 집에만 있던 날에도 가족 일기에는 쓸거리들이 넘쳐났다. 평범한 일상에서도 특별함을 찾아내는 아이들의 능력이 놀라웠다.

더욱이 잘 웃지 않고 마음을 드러내는 일이 없던 큰아이가 매일 웃었다. 아무것도 아닌 일에 크게 웃음 짓던 아이는 별처럼 빛났다. 자신의 마음을 어떻게 표현할지 몰라 고집만 부렸던 둘째는 말로 감정을 표현하기 시작했다. 조그마한 입으로 쫑알쫑알 이야기하는 모습이 감동 그 자체였다.

일기 안에 적혀 있는 엄마의 글을 보고 많은 위로를 받았던 것은 아닐까 하는 생각이 든다. 오랜 시간 떨어져 있어 서로에게 더욱 애틋했던 우리 가족은 일기를 쓰며 가족 간의 사랑을 확인했다. 매 순간 서로의 눈에서는 하트가 나왔고 모든 행동에는 서로를 위한 배려가 담겨 있었다. 제일 행복했고 가장 기분 좋은 순간이었던 것 같다. 가족 일기로 인해 우리의 제주 한 달 살기는 완벽 그 자체였다.

'사랑하는 동임이와 아이들과 그렇게 살아갔으면 좋겠다. 오늘처럼….
그렇게 나란히 걸으면서 함께….'

남편이 가족 일기장에 써놓았던 글을 읽으면 아직도 마음이 뭉클하다.

6

사소한 것에도 감사하는 마음 갖기

가난한 한 남자가 눈물을 흘리며 랍비에게 찾아와 이야기한다.

"랍비님. 저의 집은 성냥갑만 한데 아이들은 줄줄이고 마누라는 이 세상에서 가장 포악한 여편네입니다. 저는 어쩌면 좋겠습니까?"

"염소를 집안에 가둬 놓고 기르시오."

다음 날 다시 랍비를 찾아와 이야기한다.

"랍비님. 더는 참을 수가 없습니다. 못된 여편네 등쌀에 염소까지 한군데에서 뒹구니 말입니다."

"그러면 오늘부터 닭을 모두 집 안에 가둬 놓고 기르도록 하시오."

집으로 돌아갔던 남자가 다음 날 또다시 찾아왔다.

"랍비님! 정말 끝장입니다. 여편네 등쌀에 염소에다 닭까지…. 아이고 맙소사!"

"오늘 돌아가서는 염소와 닭을 예전처럼 밖으로 내놓고 내일 다시 오시오."

다음날 랍비를 찾아온 그 남자의 얼굴에는 기쁨이 넘쳤고, 황금덩이라도 얻은 듯 밝아 보였다.

"랍비님! 말씀하신 대로 염소와 닭을 내놓았습니다. 이제 우리 집은 대궐같이 넓습니다. 랍비님 큰 축복이 있으시길 빕니다."

『탈무드』에 나오는 이야기이다. 아무것도 바뀐 것은 없는데 생각의 변화로 인해 불평불만을 늘어놨던 사람이 기쁨에 넘치는 사람으로 변한 내용이다. 이야기에서 알 수 있듯이 어떻게 생각하느냐에 따라 기쁨과 슬픔, 때로는 절망과 희망으로 바뀌는 것 같다.

셋째를 낳고 처음에는 절망에 빠졌던 나였다. 이것보다 최악의 상황은 없을 것이라 생각했다. 왜 나에게 이런 시련과 아픔을 주는 건지 이해되지 않았고, 이해하고 싶지도 않았다. 처참하게 무너져 버렸던 나였다. 우울증으로 인해 감정조절이 되지 않았으며 큰 아이들에게는 소리만 질러대는 엄마였다. 병원에 갈 때마다 의사 선생님 입에서는 부정적인 말들만 쏟아졌다. 누가 봐도 힘든 상황이었다. 행복이란 단어를 떠올릴 수조차 없었던 암담한 상황이었다. 엄마라는 이름을 포기하고 싶다는 생각도 여러 번. 나처럼 불행한 사람은 없을 것이라는 생각으로 가득 차 있었다.

　희망이라는 단어를 찾을 수 없었던 그때. 천사 같은 셋째 아이를 보고 나의 모든 것이 바뀌게 되었다. 상황은 달라진 것이 없었다. 내 생각만 바뀌었을 뿐. 세상에 당연한 것은 없다는 것을 깨닫게 된 것이다. 생각이 바뀌니 이 세상 모든 것이 아름답기만 했다. 나를 둘러싸고 있는 모든 것들은 감사함 그 자체였다. 더 이상 우울하지 않았다. 행복했고 감사했다. 여전히 병원 생활을 하고 있었고 여전히 보이지 않는 싸움을 하고 있었지만 더 이상 불행하지 않았다.

"빈아. 율아. 우리 감사한 일 찾아 말해보기 게임을 해볼까?"

"나는 감사한 일이 없는데? 그냥 매일 똑같은데?"

"아닐 텐데…. 찾아보면 엄청 많을걸? 엄마가 먼저 이야기해 볼게.

음…. 사랑스러운 빈이 율이가 엄마 딸이어서 감사해."

"에이~ 그게 뭐야? 그런 게 감사한 거야?"

"그럼. 최고로 감사한 일이지. 빈아. 율아. 감사한 일이라고 해서 대단하거나 특별한 것들만 감사한 것이 아니야. 우리가 이렇게 함께 있는 것도 얼마나 감사해? 웅이가 병원에 있을 때는 엄마랑 같이 있지도 못했잖아."

"어? 그러네? 그럼 나도 얘기해 볼게. 나는 엄마가 내 엄마라서 감사해."

"나는 오늘 밥이 맛있어서 한 그릇 반을 먹었는데 배가 너무 불러. 그래서 감사해."

"맞아! 이렇게 감사한 일이 많은 거야. 사소한 것에도 기뻐하고 감사하게 생각하며 살자."

우리 가족은 여전히 함께 이야기를 많이 한다. 저녁은 항상 가족과 함께 먹으려고 노력하고 사소한 것에도 행복을 느끼며 살고 있다. 막둥이 동생으로 인해 오랜 시간 엄마와 떨어져 있었던 탓에 큰아이들에게는 작은 행복이 크게 다가온다. 큰아이들은 막냇동생이 매우 아팠던 것을 기억하고 있다. 그 모습을 보며 자란 아이들은 막냇동생과 함께 있는 시간이 감사한 일이라는 것을 알고 있다. 중·고등학생이 된 아이들은 지금도 감사한 일들을 이야기한다. 라면을 먹을 수 있어서 감사하고, 친구를 만나서 감사하고, 늦잠을 잘 수 있어서 감사하고…. 아이들에게도 감사한 일은 차고도 넘친다. 나는 아이들의 이런 생각과 모습이 감사하다.

내가 아픈 아이를 키우고 있다고 이야기하면 사람 대부분은 놀란다. 힘든 상황일 텐데 매일 행복해 보이는 것이 이해되지 않는다고 한다. 우리 다섯 식구에게는 걱정 근심 따위는 없는 줄 알았다고들 이야기한다. 나는 존 템플턴의 명언 "감사하는 마음은 행복으로 가는 문을 열어준다."라는 말이 사실임을 알고 있다. 행복하게 살고 싶다면 감사하며 살면 된다. 나는 하루하루가 감사하다. 행복하여서 감사한 것이 아니라 감사하기 때문에 행복해진다는 말을 믿는다. 감사한 일을 매일 찾아보고 긍정적인 삶의 태도로 앞으로도 쭉 행복할 예정이다.

7

몸과 마음으로 깨닫는 '방목 육아'

"우리 제주도에서 살아볼까?"

제주 한 달 살기를 하던 중에 남편에게 물었다. 제주도에서의 생활은 우리에게 감동을 줬기 때문이다. 겨울이면 항상 입원했던 셋째가 제주도에서는 한 번도 아프지 않았다. 감정 표현이 되지 않았던 큰아이들의 표정이 다양해졌다. 잔소리 대마왕이었던 나는 잔소리를 버렸다. 일에 미쳐 있던 남편에게도 여유로움을 선물해 준 제주살이었다. 그런 제주가 좋았다. 빼곡하게 들어서 있는 아파트 사이의 놀이터가 아닌, 자연 속에서 뛰어노는 아이들의 모습이 보기 좋았다. 남편과 아이들의 느낌도 나와 다르지 않았다. 우린 제주 한 달 살기를 하는 동안 집을 알아보고, 바로 제주로 이주했다. 육지 댁에서 제주댁이 되었다.

"아이들은 뛰놀면서 크는 거라고 이야기할 때 절대 안 된다며 말을 듣지 않더니, 이제 깨달은 거니?"

"네. 생각해 보니 시골에서 자란 저의 어린 시절도 행복했더라고요. 아이들은 자연과 함께 자라는 것이 맞는 것 같아요."

"나는 대환영이다! 우리 며느리가 이런 기특한 생각을 한다니 정말 놀랍기만 하네~."

아이들은 뛰어놀며 배우는 거라고 이야기하셨던 시부모님께서는 우리의 결정을 대찬성하셨다. 시골에서 자라는 건 절대 안 될 일이라며 펄쩍 뛰던 며느리가 스스로 시골에 내려가 살겠다니…. 얼마나 기쁘셨을까? 우리는 시부모님의 전폭적인 지지를 받으며 제주의 오래된 시골집에서 제주살이를 시작했다.

우리가 살았던 시골집은 돌담으로 둘러싸여 있던 농가 주택이었다.

충분한 크기의 텃밭과 넓은 마당이 있었고 대청마루와 서까래도 있던 여든네 살의 집이었다. 시골집에서 살아본 적이 없던 나였지만 그 집의 느낌이 너무 좋았다. 툇마루에 앉아 돌담 위로 보이는 하늘을 보고 있노라면 세상 모든 걱정과 근심이 사라지는 마법 같은 집이었다. 마당에 돗자리를 깔아놓고 아이들과 함께 누워 별을 보며 별자리에 관한 이야기를 나누기도 했다. 여름이면 마당에서 실컷 물싸움하기도 했다. 하루 종일 삼 남매의 웃음소리로 가득했던 우리 집이었다.

제주로 이주를 결정하면서 자연스레 방목 육아가 시작되었다. 아이들은 자연과 함께, 자연 속에서 뛰어놀며 커야 한다는 결론을 내렸기 때문이다. 시골의 작은 학교에 다녔기 때문에 학원은 다니지 않았다. 모든 사교육을 끊고, 자연 속에서 자유롭게 키우기. '방목 육아'가 시작되었다.

"엄마! 우리가 먹고 텃밭에 버린 수박씨 기억해?"

"응. 기억하지."

"그 수박씨에서 새싹이 나왔어!"

"에이~ 말도 안 돼. 우리가 심은 것도 아니고 그냥 텃밭에 버린 것뿐인데?"

"진짜야. 엄마도 나와서 봐!"

"와! 진짜 새싹이 돋았네? 이거 정말 수박 되는 거야?"

"엄마 너무 신기하지? 내가 물도 잘 주고 잘 자라라고 매일 얘기해줘 야겠다. 그러면 커다란 수박이 열릴 것 같아."

텃밭의 세계는 놀라웠다. 아이들은 눈을 뜨면 텃밭으로 나가 식물을 관찰하며 환호성을 질렀다. 오이, 호박, 가지, 고추, 상추. 그리고 우연히 (?) 얻게 된 수박까지! 우리는 자연이 주는 선물을 만끽했다.

본격적으로 하던 일을 정리하고 제주에서의 방목 육아를 이어 나갔 다. 방목 육아라고 해서 방치한다는 뜻은 아니다. 지켜야 할 규칙, 약속 은 항상 지킬 수 있도록 했다. 모든 가능성을 열어놓고 아이들을 자유롭 게 키우고 싶었다. 말로 지시하는 엄마가 아닌, 행동으로 보여주며 함께 배우고 성장하고 싶었다. 조급함은 버리고 한 발짝 뒤에서 아이들을 지 켜보려 했다. 지나영 교수님의『세상에서 가장 쉬운 본질육아』에서 이야 기한 것처럼 결국 부모가 아이를 키우는 가장 좋은 방법은 '방목'이라는 것을 나는 알고 있었다.

"공부해!"라는 잔소리 대신 "오늘은 무슨 간식을 먹으며 뭐 하고 놀 까?"라고 이야기했다.

바다에 나가 실컷 모래놀이도 하고, 꽃잎으로 그림을 그리기도 했다. 주변에 있는 모든 것을 소재 삼아 동시를 지어보기도 했다. 번듯한 놀이터가 없어도 아이들은 행복했다. 바다와 오름 그리고 한라산이 우리에겐 놀이터였다.

세 아이가 매일 재미있길 바랐다. 아이 때는 하루하루가 즐거워야 한다고 생각한다. 무조건 똑똑하게 키우기 위해 강압적으로 시키는 공부와 잔소리는 필요하지 않다는 것을 알게 되었기 때문이다. 그때 방목 육아 안에서 나와 아이들은 참 행복했다.

방목 육아를 하며 아이들은 성장했다. 엄마, 아빠의 응원을 받으며 몸과 마음으로 깨달았을 것이다. 제주에서 시작된 방목 육아는 아직도 이어지고 있다. 지금은 어린아이가 아니기 때문에 자연 속에서 뛰어놀거나 하는 일은 없지만, 한 발짝 뒤에서 지켜보고 있는 것은 여전하다. 한 발짝 뒤에서 지켜보다가 아이들이 원하면 언제든 힘껏 안아준다. "공부해!"라는 잔소리는 지금도 하지 않는다.

"엄마는 공부하라는 잔소리를 안 해서 정말 좋아! 그래서 더 열심히 하게 되는 것 같아. 필요하다는 걸 스스로 느끼게 해줬거든."

큰아이에게 이 말을 들었을 때 매우 행복했다. 이런 엄마가 어디 있냐며 으스대기도 했다. 방목 육아 따위는 생각도 못 했던 욕심만 많은 예전의 나였다면 어땠을까? 방목 육아를 선택하고 실행했던 나 자신을 마음껏 칭찬하고 싶은 오늘이다.

최고의 교육은 경험이다

"경험으로 사는 것은 값비싼 지혜이다." 로저 아샴의 명언이다. 경험을 통해 얻게 되는 것들은 비용을 계산할 수 없을 만큼 값진 결과물이라는 이야기이다.

삼 남매를 키우며 절대 변하지 않는 신념이 생겼다. "최고의 교육은 경험." 절대 변하지 않을 나의 교육관이다. 나에게 처음부터 이러한 교육관이 있었던 것은 아니다. 갈팡질팡 여러 사람의 말에 흔들리기도 했고,

공부만 열심히 시키면 되는 줄 알았다. 제주도 한 달 살기와 제주살이를 통해 깨닫게 되었다. 경험보다 더 좋은 교육은 없다는 것을 몸소 깨닫게 된 것이다. 아이들에겐 직접 만져 보고, 듣고, 보는 것보다 더 좋은 교육은 없는 것 같다. 그러한 경험으로 인해 아이들은 스스로 생각할 수 있게 되고 현명한 선택을 할 수 있는 힘을 가진다. 무엇이 되었든 나는 모든 것을 경험할 기회를 주었다. 생명의 위협이 있을법한 위험한 것을 빼놓고는 모두 경험할 수 있도록 했다.

예전의 나는 아이들의 옷부터 신발, 머리 장식까지 모든 것을 결정했다. 아이들에게 선택권은 없었다. 읽어야 할 책도 내가 골라주었다. 집에 와서 무엇을 해야 하는지도 내 계획 안에 있었을 만큼 통제하고 간섭하는 어미였다.

아이들이 경험하는 모든 것은 내 머릿속에서 나온 것이었다. 아이들의 의견은 중요하지 않았다. 생각이 바뀐 후 아이들이 주체가 되었다. 그리고 본인의 선택에 대해 책임질 수 있도록 했다. 내가 보기에 잘못된 선택이라 생각될 때도 '참을 인(忍)'자를 새기며 입을 꾹 다물었다. 경험을 통해 아이들이 모든 것을 선택할 수 있게 했다. 선택과 경험은 짝꿍이다. 경험을 통해 조금 더 나은 선택을 할 수 있게 되고 선택을 통해 더 값진 경험을 할 수 있게 된다.

"오늘은 보말 따러 바다로 나가볼까 하는데 너희들 생각은 어때?"

"아주 좋아! 나는 보말 따는 것이 너무 재미있어."

"엄마. 바위 위에서 따야 하니까 바지 입고 편한 운동화 신는 것이 낫겠지?"

"아무래도 움직일 때 편한 옷차림이 좋긴 하겠지?"

"엄마! 나는 치마 입고 부츠 신을 거야. 내가 제일 좋아하는 부츠!"

"그래? 언니 말처럼 바위 위에서 보말을 따야 하는데 괜찮겠어?"

"응. 나는 괜찮아. 그래도 잘할 수 있어."

"그래. 그럼, 율이가 결정한 거니까 불편해도 율이가 책임져야 하는 것 알지?"

바위 위에서 보말을 따는데 하늘하늘한 치마에 미끄러지기 딱 좋은 부츠라니…. 내 맘에 들지 않은 선택이었다. 한편으로는 넘어져서 다치지는 않을까 걱정도 되었지만, 일단 아이의 선택을 존중해 주었다. 그렇게 바다로 나갔다. 나지막한 바위에서 열심히 보말을 따고 있는 둘째를 보았다. 바람에 날리는 치마 때문에 얼굴엔 짜증이 가득했다. 날쌘 다람쥐처럼 신나게 보말을 따는 첫째는 얼굴에 웃음이 가득했다. 언니보다 보말을 많이 따지 못한 둘째의 입은 쭉 나와 있었다.

설상가상으로 집으로 돌아오는 길, 시멘트를 발라놓은 땅을 보지 못하고 밟아 버린 둘째. 제일 아끼던 부츠는 시멘트에 반 이상 잠겨 있고 움직이지도 못하는 상황이 되어 버렸다. 근처에 계시던 아저씨들이 둘째를 건져 살려(?) 주셨다. 결국 둘째는 울음을 터뜨렸다. 가장 아끼는 부츠를 버려야 하니 마음 아팠을 것이다.

"흑흑…. 나 속상해. 부츠가 다 망가져 버렸어. 보말도 많이 못 따고…."

"율아, 속상하지? 율이가 아끼던 부츠가 망가져서 엄마도 속상해. 그렇지만 이미 벌어진 일이니까 그만 속상해하자. 부츠는 내년에 더 예쁜 것들이 많이 나올 거야."

"치마 입고 부츠 신는 것이 아니었어. 나도 언니처럼 바지에 편한 운동화 신고 갈 걸…. 그랬으면 보말도 많이 따고 부츠도 버리지 않았을 텐데…."

아이는 스스로 깨닫게 되었다. 내 생각대로 운동화를 신고 나갔으면 느끼지 못했을 것이다. 아이는 본인의 선택과 경험을 통해 스스로 느낀 것이다. 이렇게 작은 경험을 통해서도 아이는 한 뼘 자라 있었다. 사소한 경험부터 큰 경험까지 어느 하나 중요하지 않은 것은 없다.

경험의 소중함을 느낀 후로, 나는 또 다른 도전을 감행했다. 필리핀에 있는 어학원에 취직이 되었고 아이 셋을 데리고 필리핀으로 간 것이다. 이 또한 혼자만의 결정이 아닌, 가족회의를 통해 결정했다. 문화와 언어가 다른 나라에서 더 많은 것을 경험할 수 있게 해주고 싶었다. 그곳 생활에 적응하고, 남편 없이 지내야 한다는 것은 분명 쉽지 않았다. 아이들도 마찬가지였다.

피부색과 언어가 다른 사람들과 친구가 되고, 학교 수업을 듣는 것이 쉬웠을 리는 없다. 친정 아빠의 갑작스러운 죽음, 사람들의 배신. 비참함을 느낀 적도 여러 번 이다. 포기하고 싶을 만큼 힘들었던 적도 있다. 힘들었던 순간 다시 힘을 낼 수 있었던 것은 아이들과 나의 신념 때문이었다. 경험을 통해 조금씩 성장하고 있는 녀석들을 보며 견딜 수 있었다. 그런 아이들이 기특했다. 필리핀에서의 경험으로 우리는 많은 것을 배울 수 있었다. 문화의 다양성을 알게 되었고, 상대방을 이해하고 배려하는 모습도 배우게 되었다. 또한 가족의 소중함도 다시 한번 느낄 수 있었다.

경험만큼 좋은 교육은 없다고 생각한다. 크고 화려하고 거창한 경험이 아닌, 작고 사소한 경험을 통해서도 아이들은 성장한다. 직·간접 경험을 통해 아이들은 조금 더 나은 선택을 하게 된다.

둘째는 그 사건이 벌어진 이후 바다에 갈 때 절대 부츠를 신지 않았다. 치마도 입지 않았고 무조건 편한 복장으로 나갔다. 내가 억지로 운동화를 신게 했다면 스스로 깨닫지는 못했을 것이다. 엄마인 나보다 더 커버린 아이들에게 여전히 경험하고 선택할 수 있게 한다. 아이들도 잘 알고 있다. 로저 아샴의 명언처럼 값비싼 지혜를 얻을 수 있는 것은 경험이라는 것을 아이들도 인정한다.

"'최고의 교육은 경험'이라고 말씀하신 부모님은 항상 다양한 경험을 할 수 있게 해주셨습니다. 멋진 자연을 보며 동시를 짓고 낭송하며 문학의 아름다움을 이야기했고, 텃밭의 식물을 보며 식물의 한살이를 자연스레 알게 되었습니다. (중략) 여러 가지 경험을 통해 수업에 적극 참여할 수 있었습니다. 저는 학원에 다니지 않고 스스로 학습 계획을 세우고 목표한 부분을 수행합니다…"

큰아이가 중학교 입시를 치를 때 썼던 자기소개서이다. 경험을 통해 많은 것을 배웠다고 써놓은 아이의 자기소개서를 보고 스스로 뿌듯해했던 기억이 난다. 내 생각이 틀린 것이 아님을 확인받은 것 같아 날아갈

듯 기뻤다. 내가 구구절절 말하지 않았어도 아이들은 경험을 통해 많은 것을 배운 것이 틀림없다. 경험을 통해 성장한 멋진 아이들! 단순히 공부를 잘하기보다는 지혜로운 아이들이 되길 바란다. 시행착오를 겪는 것도 좋은 경험이라 생각한다. 아이들이 시행착오를 통해 더 나은 사람으로 성장한다면 언제든 환영이다. 경험을 통해 앞으로도 성장할 삼 남매를 응원한다. 그런 삼 남매와 함께 성장할 나에게도 응원을 보내본다.

4장

빵점

육아로

아이들이

성장하다

1

엄마의 웃음, 아이들에게 만병통치약이 되다

"300점 엄마는 어떻게 매일 기분이 좋아요?"

"동임 씨는 진짜 긍정적인 사람인 것 같아요."

"선생님은 항상 적극적인 것 같아요. 그런 에너지가 어디에서 나오는 건가요?"

나를 알게 된 사람들은 대부분 이런 질문을 한다. 나는 매일 좋은 일이 있는 것처럼 잘 웃는 편이다. 약간의 푼수기도 있다. 나와 이야기를 나누면 기분이 좋아진다는 말을 자주 듣는 편이다. 사람들을 유쾌하게 만드는 것이 좋다. 내가 있는 곳의 분위기가 밝고 에너지 넘치는 것이 좋다. 세 아이를 키우고 있고, 게다가 아픈 아이까지 키우고 있다고 말하면 사람들은 놀란다. 밝은 내 모습을 보면 걱정과 고민은 없어 보이기 때문에 힘든 육아를 하고 있을 거라는 생각은 하지 못했다고들 한다.

아이 셋을 키우면 힘든 육아일까? 아픈 아이를 키우고 있으면 불행한 육아일까? 아이가 많고 적음은 중요하지 않다. 아픈 아이를 키운다고 해서 불행한 것도 아니다. 아이가 많으면 행복이 배가 되고, 기쁨도 배가 된다. 아픈 아이를 키우면 사소한 것에도 감동하는 순간이 자주 있다. 내가 웃지 않을 이유는 없다.

엄마가 된 이후의 내 모습은 어릴 적의 내 모습과 많은 차이가 있다. 어릴 적엔 소심의 끝판왕이었다. 남들 앞에 나서는 것도 어려워했고, 손을 들어 발표하는 일도 없었다. 장기 자랑에 나가 끼를 발산하는 친구들을 마음속으로만 부러워했던 나였다. 이런 내가 엄마가 된 이후로 바뀌었다. 나는 자신감 있고, 긍정적인 엄마가 되었다. 아이들에게 소심하고, 소극적인 엄마의 모습은 보여주기 싫었기 때문이다. 셋째를 낳은 이후 나는 더욱더 적극적인 엄마가 되었다. 그리고 더 많이 웃으려 노력했다.

나를 보고 자랄 세 아이를 위해 행복한 엄마의 모습을 보여주고 싶었다.

아이들과 함께 운동회를 하는 날이면 나의 적극성은 극에 달했다. 아침 일찍 서둘러 아이들과 함께 먹을 김밥과 간식을 만들었다. 국가대표 선수라도 된 것처럼 위풍당당한 모습으로 운동장에 입장! 바람에 펄럭이던 만국기도 나를 환영해 주는 듯했다.

"청팀 이겨라!"
"백팀 이겨라!"

아이들의 응원 소리로 운동장이 가득 찼다. 할머니, 할아버지, 엄마, 아빠. 모든 가족이 총출동하는 날. 바로 운동회가 있는 날이다. 커다란 돗자리를 깔고 도시락과 맛있는 음식들을 서로 나누는 날. 운동회가 있는 날은 동네잔치이기도 했다. 육지에 있는 초등학교에서는 이제 흔히 볼 수 없는 풍경이지만, 제주의 작은 학교에서는 아직도 모든 가족이 함께 즐기는 운동회가 열린다. 어릴 적 소심쟁이었던 나는 운동회가 열리는 날도 싫었다. 달리기도 하고 싶지 않았고, 줄다리기도 하고 싶지 않았다. 운동장 바닥에 앉아 있을 때면 풀풀 날리던 모래 먼지도 싫었다. 하지만, 엄마가 된 이후에는 아이들보다 더 신이 났다. 아이들보다 더 큰 목소리로 응원하고, 아이들의 율동을 따라 하기도 했다.

"영차! 영차! 구호에 맞게 줄을 당기는 거야! 우리 빈이 율이가 있으니까 청팀이 이길 수 있어. 엄마가 외치는 구호 소리를 잘 듣는 거야. 알았지?"

"영차! 영차! 조금만 더! 힘을 내봐!"

다리를 다쳐 반깁스하고 있던 나였지만 줄다리기에서 지는 것을 볼 수는 없었다. 운동장으로 나가 아이들에게 파이팅을 외치며 목이 터지라고 구호를 외쳐줬다. 마음 같아서는 깁스를 풀어 버리고 함께 줄을 당기고 싶었다. 옆에 있던 다른 엄마들이 말리지 않았더라면 아마도 깁스를 풀어 버렸을 것이다. 적극성의 끝판왕 엄마였던 나였다. 그 다리로 껑충껑충 뛰어다니며 구호를 외쳤던 내 모습이 얼마나 우스웠을까? 얼굴은 뻘겋게 달아오르고 목은 잠긴 지 오래다. 뒤에 앉아 있던 학부모들은 이런 내 모습을 보고 손뼉을 치며 웃었다. 내 모습이 우스워도 상관없다. 아이들이 행복하고 즐거우면 그만이다. 아이들보다 더 신이 났던 엄마. 그런 모습을 보고 행복해했던 아이들. 그거면 된 것이다.

예전의 나는 웃는 엄마가 아니었다. 항상 피곤했고 힘들었다. 아이들의 사랑스러운 모습을 볼 여유도 없었다. 아이들의 목소리에 미간을 찌푸리기만 했다. 모든 것이 짜증나기만 했다. 웃을 일은 없었고 화낼 일만 가득했던 일상이었다. 항상 화가 나 있는 엄마의 모습을 보고 눈치만 보던 아이들이었다. 그런 엄마와 사는 아이들은 감정 표현도 하지 못한 채 마음이 병들어 갔다. 셋째를 낳고 나의 모든 것이 바뀐 후엔 잘 웃는 엄마가 되었다. 내가 웃으면 아이들도 웃는다. 아이들의 웃음을 보고 있노라면 모든 걱정이 사라졌다. 아이들도 엄마의 웃음을 좋아했다. 아이들 앞에서 되지도 않는 춤을 추고, 음정 박자는 무시한 채 노래를 불러주기도 했다. 이런 내 모습을 보면서 깔깔거리며 웃는 아이들의 모습은 정말 사랑스러웠다.

지금도 나의 웃음과 푼수기는 여전하다. 아이들이 좋아한다는 아이돌의 음악을 듣고, 따라 부르며 엄마처럼 노래 잘하는 사람 없다며 잘난 척을 하기도 한다. 아이들 앞에서 방탄소년단의 춤을 따라 추기도 한다. 당연히 엉망진창인 춤이다. 춤의 퀄리티나 완성도는 중요하지 않다. 나의 그런 모습을 보며 아이들은 눈물을 흘리며 웃는다. 아이들이 웃으면 나 역시 행복하다. 배꼽 빠질 것 같다며, 제발 그만하라고 나의 춤사위를 막기도 한다. 아이들이 웃는다면 나의 망가짐 따위는 상관없다.

"웃음은 만병통치약이다." 나는 이 말을 믿는다. 엄마의 웃음으로 아이들이 따라 웃고, 그 웃음으로 인해 아이들이 변했다. 아이들에게 엄마의 웃음은 만병통치약이다. 성격을 밝게 만들어 주고, 얼굴도 환한 빛으로 만들어 준다. 긍정적인 사고를 하게 해주고 밝은 에너지가 만들어진다. 앞으로도 삼 남매가 크게 웃길 바란다. 아이들의 웃음을 위해서라면 방탄소년단의 춤보다 더 어려운 춤도 배워볼 의향이 있다. 삼 남매가 밝게 웃는 것이 나에게는 힘이고 에너지이다.

2

욕심 많았던 초보 엄마의 변화

2006년부터 2015년까지 방영되었던 〈우리 아이가 달라졌어요〉라는 프로그램이 있다. 이 프로그램은 이상 행동을 보이는 아이들의 문제점을 고쳐주는 시사교양 프로그램이었다. 아이들의 이해되지 않는 행동들을 보며 '나는 절대 아이를 저렇게 키우지 않겠다.'라고 다짐했던 기억이 난다. 그런데, 프로그램을 보며 이상한 공통점 하나를 발견했다.

분명 문제 행동을 보이는 것은 아이들인데 알고 보면 아이들에게는 문제가 없었다. 프로그램 제목을 〈우리 부모님이 달라졌어요〉라고 표현하는 것이 맞을 만큼 부모들에게 문제가 있는 경우가 대부분이었다. 아이의 마음을 이해하지 못하거나, 공감해 주지 못하거나, 폭력적이거나, 잘못된 부모의 생각으로 인해 아이들이 문제 행동을 일으키는 것이었기 때문이다. 가장 심각하다고 느꼈던 것은 자기가 문제가 있다고 인정하는 부모는 거의 없었다는 사실이다. 이 프로그램에서 알 수 있듯이 부모, 특히 주 양육자에게 문제가 있으면 아이들은 이상 행동을 보일 수도 있다.

아이들의 마음도 모르고, 아이들의 말에 귀를 기울이려고 하지도 않았던 나도 문제가 많았던 어미임을 인정한다. '욕심 많은 초보 엄마'인 나로 인해 큰아이들이 심리치료를 받게 되었으니 말이다.

무섭고 단호하고, 고집불통 엄마인 내가 달라지고, 가족과 함께하는 시간이 늘어나면서 아이들의 심리 상태가 좋아지고 있음이 느껴졌다. 〈우리 아이가 달라졌어요〉에서 증명된 것처럼 엄마가 변하니 아이들의 상태는 자연스레 좋아졌다. 나이에 맞지 않는 무거운 책임감으로 스트레스 지수가 높았던 첫째는 그 나이 또래에 어울리는 모습으로 변했다. 감정을 솔직하게 표현하는 것에는 여전히 조금 어려워했지만, 예전보다 많이 웃었다. 감정을 직접 이야기하는 것은 금방 되지 않았지만, 일기장에 본인의 감정을 쓰며 털어내는 모습이 보였다. 소아 우울증이라는 진단을 받았던 둘째도 많이 좋아졌다. 엄마가 본인을 거부한다고 생각해서 심한 우울감에 빠져 있던 아이였다. 이러한 이유로 소리를 지른다거나 벽을 친다거나 하는 등의 잘못된 방법으로 감정 표현을 했던 아이였다. 통제하던 엄마에서 방목하는 엄마로 바뀌고, 함께 하는 시간이 길어지니 둘째 아이의 모습이 달라졌다. 더 이상 행동으로 감정을 표현하는 일은 없었다. 엄마의 변화는 아이들의 변화를 끌어낸다. 가족이 함께하며 안정 감을 느끼게 되고, 그러한 안정감으로 아이들은 달라지는 것 같다.

"아빠. 오늘은 무슨 책을 읽어줄 거야?"

"음…. 어떤 책이 좋을까? 빈이랑 율이가 책장에서 골라 와봐. 너희들이 읽어달라는 책을 아빠가 읽어줄게."

"그럼, 언니랑 나랑 몇 권씩 고를까?"

"아빠가 몇 권을 읽어주면 좋겠는데?"

"많이! 아주 많이! 나는 아빠가 책 읽어주는 게 너무 좋아."

영국의 심리학자 시그먼 박사는 잠자리 독서의 중요성을 말했다. 잠자리 독서는 아이에게 정서적 안정과 휴식을 준다고 한다. 잠자리 독서가 아이들의 정서에 도움이 된다는 사실을 알게 되고 남편에게 부탁했다. 상대적으로 함께 하는 시간이 적은 아빠가 매일 밤 잠자리 독서를 해 준다면 아이들에게 큰 선물이 될 것임을 확신했다.

매일 밤 잠자리에 든 아이들에게 남편은 책을 읽어주었다. '작심삼일로 끝나겠지…'라고, 생각하며 큰 기대 없이 한 부탁인데, 아이들을 위한 잠자리 독서는 계속되었다. 글을 읽을 줄 아는 아이들이었지만 아빠가 읽어주는 시간을 좋아했다.

밤이 되기 훨씬 전부터 큰아이들은 아빠에게 읽어달라고 부탁할 책을 고르느라 바빴다. 간혹, 자기가 고른 책이 좋다며 말다툼하는 때도 있었다. 그럴 때마다 나는 간섭하지 않았다. 그저 멀리서 지켜볼 뿐이다. 서로 '이러쿵저러쿵~' 이야기를 나누다가 이견 조율을 하고 책을 고르는 과정에서도 분명 배울 것이 있을 거라고 생각했다. 아이들은 그렇게 책을 고르고 밤이 되기만을 기다렸다. 나지막한 아빠의 목소리가 좋았던 것일까? 아빠와 함께 잠자리 독서하는 시간만 기다리던 아이들의 모습이 귀엽기만 했다.

다행히 남편은 자상한 아빠였다. 잔소리하고 통제하는 나와는 달리 남편은 처음부터 아이들의 선택을 존중하며, 자유롭게 키우고 싶어 했다. 욕심 많은 엄마였던 나는 그런 남편의 의견을 무시했지만, 아이들이 변하는 모습을 보고 깨달았다. 남편의 생각이 맞았음을 인정했다. 아이들은 아빠와 이야기하는 것을 좋아했다. 별것도 아닌 아빠의 이야기에 귀를 쫑긋 세우고 초롱초롱 빛나는 눈으로 집중하던 아이들이었다. 별자리 이야기, 나무 이야기, 꽃 이야기. 아빠의 입에서 나오는 이야기에 감탄하던 삼 남매의 모습이 아직도 아른거린다. 삼 남매는 지금도 아빠와 이야기하는 것을 좋아한다. 고민이 있을 때면 나보다 아빠를 먼저 찾기도 한다. 남편은 삼 남매에게 자상하고 따뜻한 친구 같은 아빠 '프랜디(friend+daddy)'인 것 같다.

폴 틸리히는 "사랑의 첫 번째 의무는 상대방에 귀 기울이는 것이다."라는 명언을 남겼다. 큰아이들의 변화를 직접 경험해 보니, 사랑하는 아이들에게 귀를 기울이는 것, 마음에 공감해 주는 것이 첫 번째라는 생각이 든다. 사랑한다면 당연한 것들이다. 당연한 것들을 해주지 못한 지난날에 대한 아쉬움은 여전히 남아 있지만, 과거에 머무르려 하지는 않을 것이다. 심리치료보다도 더 효과적인 방법은 아이들의 마음에 공감해 주고, 이해해 주는 것이라는 걸 이제는 잘 알고 있다. 달라진 우리 아이들의 사랑스러운 모습을 눈과 마음에 담아 영원히 간직하고 싶다.

사랑을 표현할 때 아이들은 변한다

사랑 없이 살 수 있을까? 사람은 사랑 없이는 살 수 없는 동물이라 생각한다. 우리는 가족, 친구, 연인 등 다양한 사람에게 사랑을 느끼며 살아간다. 그러한 사랑이 있기에 우리의 삶은 더 풍요롭다. 그렇다면 사랑을 느끼는 것만으로 충분할까? 나는 이 질문에 "아니오."라고 정확하게 대답할 수 있다. 사랑은 표현하지 않는다면 그것은 죽은 사랑이라고 생각하기 때문이다. 사랑은 구체적이고, 분명하게 표현해야 한다. 특히 아이들에게는 더더욱 그렇다.

사랑을 표현하는 것이라고 생각은 했지만, 사실 나는 사랑을 표현하는 엄마가 아니었다. 세상에 자기 자식을 사랑하지 않은 부모가 어디 있겠는가? 나 역시 아이들을 한없이 사랑했다. "눈에 넣어도 아프지 않다."라는 말에 격하게 동의할 만큼 아이들을 사랑했다. 하지만 아이들을 사랑하는 마음을 표현하지 못했다. 부모가 아이를 사랑하는 것은 당연한 일이기에 표현할 필요는 없다고 생각했다. 표현하지 않아도 아이들은 다 알고 있을 거라 확신했다.

내게는 아이들에게 사랑을 표현하기가 쉬운 일이 아니었다. 주 양육자였던 나는 아이들에게 항상 엄격해야 한다는 생각에 빠져 있었다. 사랑을 표현하는 것은 엄마의 카리스마를 잃게 되는 행위라 생각했다. "사랑해."라는 말보다 "엄마 무서운 거 알지?"라는 말을 더 많이 한 것 같다. 자상하고 부드러운 엄마가 아닌, 호랑이 눈을 가진 엄마임을 자처했다. 호랑이 눈으로 아이들을 지켜봐야만 바르게 잘 자랄 것이라는 말도 안 되는 논리에 빠져 있었다. 아이들이 사랑받는다는 것을 느끼지 못하면 불안감이 커진다는 것도 그때는 알지 못했다.

"엄마. 엄마는 우리를 사랑해?"

"그럼 당연하지. 자식을 사랑하지 않은 엄마가 어디 있겠어?"

"아니. 나는 엄마가 나를 사랑한다는 것이 느껴지지 않아. 엄마가 말도 안 하고 표현도 하지 않으니 모르겠어."

그렇다. 사랑하는 마음이 아무리 커도 표현하지 않으면 아이들은 알 수가 없다. 아이들에게 또 한 번 배우는 순간이었다.

제주로 이사하면서 내가 결심한 것 중의 하나는 '사랑 표현하기'였다. 처음에는 닭살이 돋아 말로 표현하기에는 어려움이 있었다. 얼굴을 맞대고 말로 표현하는 것이 어렵기만 했다. 사랑을 표현해보지 않은 나에게는 고난도의 시험 같았다. 이러한 이유로 처음 사랑을 표현하는 도구로 썼던 것이 가족 일기였다. 가족 일기장에 "엄마는 너희들을 사랑해."라고 짧은 메시지를 남겼다. 길지도 않은 한 문장을 보고도 아이들은 함박웃음을 지었다. 감정을 표현하는 단어를 넣어 아이들의 이름을 부르던 것도 표현 방법이었다.

이런 과정을 통해 호랑이 눈을 갖고 있었던 엄마는 부드러운 눈을 가진 엄마가 되었다. 무뚝뚝하던 엄마는 사랑을 표현하는 닭살 돋는 엄마로 변했다. 손을 잡고 걷는 것도 더 이상 어색하지 않았다. 아이들이 잘못한 부분을 집어내고 비난하던 엄마에서 칭찬하는 엄마로 바뀌었다. 사소한 것들도 온 마음을 담아 칭찬해 주었다. 너희들은 분명 해낼 수 있다고 파이팅을 외쳐주었다. 칭찬은 고래도 춤추게 만든다고 하지 않는가? 칭찬과 격려의 힘은 대단했다. 자신감 없어 하던 아이들의 모습은 사라지고 어떤 일에든 도전하는 것을 두려워하지 않는 아이들로 바뀌었다. 사랑을 표현하면 할수록 사랑이 더 깊어짐이 느껴졌다.

과거의 나는 잘못된 결과가 나오면 아이들 탓으로 돌렸던 못난 엄마였다. 지금은 달라졌다. 내가 잘못한 것이 있다면 깔끔하게 인정하고 진심으로 사과한다. 자주 안아주었고 눈을 맞추며 이야기해 준다. 잠들기 전에는 항상 안아주고 뽀뽀해 주며 인사도 한다.

"잘 자. 좋은 꿈 꿔. 사랑해. 너는 특별한 아이이고, 엄마, 아빠에게 최고의 선물이야."

사랑을 표현하기 시작한 후 아이들은 눈에 띄게 달라졌다. 사랑을 받고 있다는 확신으로 인해 정서적인 안정감을 느꼈던 것 같다. 결과가 좋지 않다고 해도 좌절하거나 포기하지 않았다. 자기 자신을 사랑하고 자존감이 높은 아이들로 자라주었다. '표현하는 사랑을 듬뿍 받았기에 사춘기라는 무서운 시기도 부드럽게 지나간 것은 아닐까?' 하는 생각이 든다.

사랑은 표현하는 것이다. 표현하는 사랑으로 아이들은 성장한다. 나는 삼 남매가 배려할 줄 아는 사람으로 성장하길 바란다. 자신의 마음을 표현하는 것에 인색하지 않았으면 좋겠다. 따뜻한 눈으로 세상을 바라보고 공감해 주는 마음을 갖길 바란다. 부모에게 사랑받고 있다는 확신이 있으면 이렇게 성장하리라 믿어 의심치 않는다. 여전히 나는 아이들에게 사랑을 표현한다. 더 이상 닭살이 돋거나 부끄럽지 않다. 내가 사랑하는 마음을 표현하면 아이들이 웃는다. 가끔은 닭살 돋는다며 그만하라고 이야기할 때도 있다. 하지만 나는 멈추지 않을 것이다. 아이들의 웃음이 좋기 때문이다.

"사랑하는 빈, 율, 웅아. 너희들이 나의 딸, 아들이어서 엄마는 정말 행복해!"

4

아이의 성장을 돕는 엄마의 확실한 교육철학

"엄마. 나 너무 슬퍼!"

"무슨 일이야? 학교에서 무슨 일 있었니?"

"아니. 학교 끝나고 버스 타고 집으로 오는데 어떤 할아버지가…. (엉엉.)우리는 버스에 먼저 타서 앉아 있었고, 할아버지는 마지막에 타셨는데, 차비가 없으셨어. 기사 아저씨가 할아버지한테 막 소리 지르고…."

아이는 그렇게 한참을 울었다. 할아버지를 도와드리지 못했기에 더 속이 상했을 것이다. 이런 일이 있고 난 뒤에 둘째는 버스 카드 외에 동전을 몇 개씩 들고 다녔다. 버스에서 같은 일이 일어날 때를 대비한 아이의 기특함이었다.

삼 남매는 정다운 아이들로 자랐다. 어릴 적 할머니, 할아버지와 많은 시간을 보내서인지 어른들을 생각하는 마음 또한 컸다. 허리가 구부정한 할머니가 무거운 짐이라도 들고 힘겹게 걷는 모습을 보면 그냥 지나치는 법이 없다. 누가 시키지도 않았는데 짐을 대신 들어드렸다. 외롭게 홀로 살고 있는 할아버지 이야기가 TV에 나올 때면 어김없이 눈물을 흘렸다.

기아에 허덕이고 있는 아프리카 또래 친구들에게는 편지를 쓰고 용돈을 모아 후원을 하기도 했다. 아이들의 정다움은 사람에게만 해당하는 것은 아니었다. 기후 변화로 살기 힘들어지는 북극곰, 사람에게 버림받은 유기견…. 사람으로 인해 고통받고 있는 동물에게도 한없이 정다운 아이들이다. 나에게 이런 삼 남매의 모습은 감동 그 자체이다.

나는 똑똑한 아이보다 마음 따뜻한 아이가 행복하다고 믿는다. 삼 남매가 머릿속을 채우는 것보다 마음 가득 사랑이 넘치는 사람으로 자라길 바란다. 상대방의 마음에 공감해 주고, 마음을 함께 나눌 수 있는 사람.

진실한 마음으로 교감하는 능력을 갖춘 사람. 저 멀리에서도 좋은 향기가 나는 사람. 나는 삼 남매에게서 보이는 감동을 자아내는 이런 모습을 지지하고 응원하려 한다.

셋째가 태어나기 전의 나는 욕심 많은 엄마였다. 아이들을 위해서라고 얘기했지만, 아이들의 마음도 모르는 부족한 엄마였다. 결과만을 중요시했고 그 결과라는 것에 따라 기분이 정해지는 엄마였다. 공부를 왜 시켜야 하는지 목표도 이유도 없이 무조건 잘하기만을 원했다. 아이들의 행복을 위해서라고 했지만 실상 아이들은 행복하지 않았다. 교육의 목표를 생각해 본 적도 없다. 공부'만' 잘한다면 만사형통이라 생각했던 나였다. 다른 것은 필요 없었다. 공부 잘하는 아이, 똑똑한 아이면 그만이었다. 이렇게 하는 것이 백 점 만점에 백 점 육아라 생각했던 나였다.

셋째의 특별함으로 인해 모든 것이 바뀌고 아이들에 대한 잘못된 욕심도 버렸다. 통제가 아닌 방목을 선택했고, 부지런함이 아닌 느긋함을 선택했다. 욕심과 잔소리를 버렸다. 잔소리가 아닌 대화를 선택했다. 한 발짝 뒤에서 아이들을 지켜보았다. 아이들의 선택을 존중했고, 힘껏 응원했다. 경험을 통해 많은 것들을 배우길 바랐다. 크고 작은 경험을 통해 아이들이 더 나은 선택을 할 수 있도록 도왔다. 이러한 과정을 통해 아이들은 독립적인 아이로 성장할 수 있었다.

나는 교육의 목표는 독립이라고 생각한다. 아이들이 본인의 삶을 주도할 수 있도록 도와주는 것이 진정한 교육 아닐까? 사소한 일을 결정하는 것부터 큰일을 결정하는 것까지 나의 뜻대로 하는 법은 이제 없다. 조언해주거나 넓은 시야로 볼 수 있게 약간의 도움을 줄 뿐이다. 아이들의 의견을 존중하고 아이들의 선택을 지지해 준다. 아이들은 본인의 선택에 책임을 져야 한다는 것 또한 잘 알고 있다.

"엄마는 내가 초등학교 들어간 이후로 한 번도 데려다준 적도 없고, 깨워 준 적도 없지? 다른 엄마들은 비 오는 날 우산 들고 데리러 오던데…. 엄마는 비 오는 날, 우산 가져다준 적도 없잖아."

"그래. 학교에 우산을 들고 오는 엄마들을 보면 부러웠겠다. 그런데 우리 한번 생각해 보자. 엄마가 분명히 비가 온다는 예보가 있다고, 이야기했는데 빈이 율이가 귀찮다고 우산을 들고 가지 않았지? 너희들의 선택인데 엄마가 책임을 져야 하는 걸까? 스스로 할 수 있는 건 스스로 하는 것이 맞는다고 생각해. 엄마가 볼 때는 우리 빈이 율이는 충분히 잘해낼 수 있을 거라고 생각하는데?"

입술을 쭉 내밀고 생각에 잠겨 있던 아이들이 벌떡 일어나 작은 우산을 가방에 넣었다. 엄마와 이야기하면서 스스로 깨닫게 된 것이다. 친구들의 엄마와 나를 비교하며 서운하다고 이야기를 시작했지만 결국에 아이들은 스스로 깨닫게 되었다. 청소년이 된 아이들은 지금도 가끔 이야기한다. "우리는 우리가 알아서 큰 것 같아."라고. 그런 생각이 들 수도 있다. 나는 아이들의 알림장을 확인해 본 적도 없고, 준비물을 준비해 준 적도 없으니까. 실내화를 빨아준 적도 없다. 아이들이 도와달라고 이야기할 때를 제외하고는 모든 것을 스스로 할 수 있도록 했다.

아이들의 완벽하지 않은 모습에 속이 터질 때도 있었지만 나의 속도가 아닌, 아이들의 속도에 맞추는 것이 옳다고 생각했다. 아이들의 생활에 깊숙이 관여하기보다는 한 발짝 뒤에 서 있는 것을 선택했다. 어떻게 보면 냉정한 어미로 보일 수도 있다. 하지만 이러한 과정을 통해 아이들은 성장할 거라고 믿었다.

지금 큰아이들은 기숙사에서 생활하며 학교에 다니고 있다. 무섭다며 화장실도 혼자 가지 못했던 둘째는 누구보다도 독립적으로 자라 학교에서 왕언니 노릇을 한다. 상급 학교로의 진학, 기숙사 학교 선택. 그것 또한 아이들의 선택이었다. 나는 언제나 그러했듯이 아이들의 선택을 존중하고 응원한다. 아이들은 지금도 자기 생각을 표현하고 계획을 얘기한다. 그런 아이들이 멋있다. 독립적으로 커가는 아이들이 대견하다. 아이들은 엄마의 욕심으로 자라는 것이 아니라 엄마의 비움으로 자라는 것 같다. 독립적이고 주도적인 아이는 부모의 믿음과 대화로 만들어진다는 것. 이제 나에게는 분명한 교육철학이 있다.

5

차별 대우받는 삼 남매

　"한 어미 자식도 아롱이다롱이."라는 속담이 있다. 한 어미에게서 난 자식도 생긴 모습과 성격이 각각 다르다는 말로, 세상에 똑같은 것이 없다는 뜻이다. 형제가 많은 집이라면 이 말에 동의할 것이다.

　우리 삼 남매 역시 아롱이다롱이이다. 생김새, 성향, 식습관까지 닮은 구석이라고는 찾기 힘들다. 큰아이가 좋아하는 음식은 둘째가 좋아하지 않고, 둘째가 좋아하는 음식은 첫째가 좋아하지 않는다. 과일을 좋아하지 않는 첫째와 셋째, 과일을 좋아하는 둘째. 흰 피부를 가지고 있는 첫째와 셋째, 까무잡잡한 피부를 가지고 있는 둘째. 갈색 머리카락을 가지고 있는 첫째와 셋째, 까만 머리카락을 가지고 있는 둘째. 말이 없고 조용한 첫째, 이야기하는 것을 좋아하는 둘째와 셋째. 준법성이 강한 첫째, 융통성이 많은 둘째. 이렇듯 닮은 구석이라고는 찾아보기 힘든 삼 남매이다.

"엄마. 수학 시간에 준비물이 있는데 10cm 자를 가지고 가야 해."

"그래? 책장에 있는 연필꽂이에 있어."

"어? 엄마 이 자는 15cm짜리 자야. 이건 안돼."

"빈아. 선생님께서 10cm짜리 자를 가지고 오라고 하신 건 최소한 10cm는 되어야 한다. 이런 뜻일 거야. 10cm보다 작은 것은 문제가 되도 큰 것은 문제가 안 되잖아."

"안돼! 선생님이 10cm 자라고 하셨으니까 10cm 자를 가지고 가야 해."

"아우~ 언니! 10cm 자면 어떻고, 15cm 자면 어때? 자만 가지고 가면 되지!"

준법성이 강한 첫째는 무엇이든 정확해야만 했다. 가끔은 융통성이 없어 보여 답답할 때도 있었지만, 그대로의 아이를 인정했다. 이런 언니의 모습을 이해하지 못하며 나보다 더 답답해했던 둘째이다. 둘째는 준법성보다는 융통성이 넘쳐흐르는 아이이다. 엄격한 기준으로 본인을 판단하는 첫째와는 달리 둘째는 자신에게 관대한 편이었다. 하나부터 열까지 비슷한 구석이라고는 없는 아이들. 달라도 어쩜 이렇게 다른지. 정말 아롱이다롱이라는 표현이 딱 맞다.

 나는 서로 다른 아이들을 존중하려고 노력하는 편이다. 아이들의 기질을 정확하게 파악하려 했고, 다름을 인정하려고 한다. 다름을 인정했기에 비교할 필요도 없었다. 아이들의 성향이 다르므로 양육 방식과 놀이방식도 달랐다. 나는 아이들 한 명 한 명에게 집중해 주기 위해 일대일 데이트를 자주 했다.

 엄마를 오롯이 혼자 차지한다는 것 자체가 삼 남매에게는 큰 안정감을 주었을 것이다. 일대일 데이트라 해서 거창한 것은 없다. 책을 좋아했던 첫째와는 도서관 데이트, 맛있는 음식을 좋아했던 둘째와는 레스토랑 데이트, 온갖 물건이 있는 편의점에 호기심을 느꼈던 어린 셋째와는 편의점 데이트. 아이들은 이것만으로도 세상을 다 가진 것처럼 기뻐했다.

 "엄마랑 또 데이트하고 싶어."

"엄마랑 데이트할 때 좋았어?"

"엄청나게 좋았어. 엄마랑 매일매일 데이트했으면 좋겠어."

아이들은 엄마와 일대일 데이트 하는 것을 가장 좋아했다. 첫째, 둘째, 셋째라는 수식어에 의미를 두지 않고, 삼 남매를 각자 첫 번째 아이로 생각하니 비교로부터 자유로워질 수 있었다. 언니, 동생, 누나라는 이름으로 양보를 강요하거나 차별을 하고 싶지 않았다. 모두에게 공평한 엄마가 되고자 했다. 한 배에서 나온 아이들이라 해도 같은 아이들은 없다. 내 자식이어도 나와 맞는 구석이 있는 아이가 있고, 나와 맞지 않는 것 같은 아이가 있다. 아이의 특성을 엄마의 기준에 맞추어 해석하면 안된다. 아이들은 존재만으로도 특별하고 사랑스럽기 때문이다.

훌쩍 자란 삼 남매는 여전히 다른 성향과 성격이다. 닮은 구석도 없고 모든 것이 다른 삼 남매 덕분에 오히려 나는 더 즐겁고 행복하다. 고민이 있을 때는 진중한 큰아이와 데이트하고 쇼핑하러 갈 때는 패션 감각이 좋은 둘째와 데이트를 한다. 마음이 힘들 때는 셋째와 손을 꼭 잡고 데이트한다. 그날그날 나의 상황에 맞게 데이트하는 재미가 있다고 할까?

나는 서로 다른 삼 남매가 좋다. 같은 방법으로 아이들을 양육할 수는 없다. 아이들의 성향과 성격에 맞게 차별대우를 해줘야 한다고 생각한다. 차별이라고 해서 비교하거나 공평하지 않음을 이야기하는 것이 아니다. 아이들의 특징에 맞게 교육하고 양육해야 한다는 것이다. 첫째도 둘째도 셋째도 나에게는 똑같이 소중하다. 다름을 인정하고 각자 특별한 사람이라는 것을 알게 해주는 것이 가장 중요한 것 같다. 차별대우 받는 삼 남매. 나의 차별대우는 영원할 것이다.

지금 우리는 행복합니다

모든 부모는 아이들의 행복을 바란다. 아이들이 불행하기를 바라는 부모는 단 한 명도 없을 것이다. 엄마에게 중요한 것은 나의 행복보다는 아이들의 행복이라 해도 과언이 아닌 듯하다. 눈에 넣어도 아프지 않은 나의 아이들이 행복하다면 어떤 일도 할 수 있는 것이 엄마가 아닐까? 나 역시 아이들의 행복을 누구보다도 바랐다.

"오늘 받아쓰기 몇 점 맞았어?"

"…."

"엄마가 물어보잖아. 몇 점 맞았냐고!"

"두 개 틀렸어."

"아니, 두 개씩이나 틀렸다고? 그러니까 미리미리 연습하라고 했어? 안 했어?"

"엄마 나보다 많이 틀린 친구들도 많아."

"지금 그게 중요해? 다른 친구들이 많이 틀린 것만 눈에 보이니? 백 점 맞은 친구들은 안 보여?"

"그게 아니라…. 두 개 틀린 것도 못 한 건 아니잖아."

"두 개씩이나 틀렸는데 지금 잘했다는 거야? 엄마는 백 점 아니면 용납 못 해!"

초등학교에 들어가지도 않은 어린아이에게 무엇이든, 무조건 백 점을 맞아오라고 닦달했던 엄마. 그 못난 엄마가 과거의 나다. 아이가 얼마나 노력했는지는 중요하지 않았다. 내 눈앞에 가지고 오는 결과가 중요했다. 여덟 개의 동그라미는 보이지 않았다. 두 개의 별 표시만 눈에 보였을 뿐이었다. 하나라도 틀린 것이 있는 날에는 불호령이 떨어졌다. 잔뜩 기가 죽어 현관 앞에 서 있던 아이의 축 처진 어깨가 지금 생각해도 미안하다. 그때 우리 아이들은 행복했을까? 아이의 행복을 바란다던 엄마의 모순적인 모습이 아닐 수 없다. 여덟 개의 동그라미를 보지 못했던 나는 아이들의 자기 효능감을 떨어뜨리는 엄마였다. 자기 효능감과 자기 신뢰감이 낮았던 아이들은 절대 행복하지 않았을 것이다.

시간이 흐르고 상황과 환경이 바뀐 후 나의 눈도 달라졌다. 별 표시만 보였던 내 눈에 동그라미가 보이기 시작했다. 동그라미가 별보다 적어도 상관없었다. 반짝반짝 빛나는 별이 가득했으니 말이다. 동그라미가 몇 개 없던 날에도 칭찬을 아끼지 않았다. 동그라미의 개수가 중요한 것이 아니라 아이들의 노력이 중요한 것임을 알게 되었기 때문이다. 엄마에게 인정받고 긍정적인 평가를 받은 아이들은 비로소 행복한 아이가 되었다.

그때 나는 자기 신뢰감과 효능감이 있는 아이들은 긍정적인 아이들로 바뀐다는 걸 알았다. 아이들은 잘할 수 있다는 자신감이 넘쳤다. 새로운 것에 도전하는 것을 두려워하지 않는 아이로 자라고 있다. 공부하라는 잔소리를 하지 않아도 본인의 목표에 맞추어 스스로 책상에 앉는다. 엄마의 말과 행동으로 아이들의 행복이 결정되고 그 행복감으로 인해 아이들은 더욱 성장한다.

또래보다 매우 작고 느린 셋째. 오른쪽 눈의 시력이 없고 왼쪽 눈의 시력도 좋지 않아 외출할 때면 항상 노심초사다. 눈의 상태가 이러하니 불편한 점이 적지 않은 것은 사실이다. 이러한 이유로 4년 동안, 아니 유치원 다닐 때부터 8년 동안 나는 셋째의 등·하교를 책임졌다. 내가 아프기라도 한 날에는 등교하지 못한 적도 있다. 혼자 등·하교를 할 수 있도록 수없이 많은 연습을 했다.

초등학교 1학년 동생들도 다니는 짧은 거리에 있는 학교가 셋째에게는 멀게만 느껴졌을 것이다. 많은 연습을 함께 했다. 집 현관문에서 시작하여 아파트 정문을 지나 찻길을 건너 학교 후문에 도착하는 그리 멀지 않은 길. 조그마한 아이의 손을 잡고 이 길을 수천 번 왔다 갔다가 하며 연습했다. 주차장에서 나오는 차와 중학생들이 타고 다니는 자전거, 뛰어가는 아이들. 셋째에게는 위험한 요소들이 많았다. 등·하교 연습을 하는 날에는 나의 입은 바쁘게 움직였다.

"웅아. 여기에는 작은 턱이 있어. 그러니까 넘어지지 않게 조심해야 해. 웅아. 땅바닥을 쳐다보지 말고 고개를 들어서 주위를 살펴야지. 위험한 것이 있는지 없는지 봐야 하잖아."

"나는 땅을 보고 걷는 게 편한데…. 땅에 뭐가 있는지 봐야 피할 수 있잖아."

"웅아. 저기 신호등 보이지? 초록색으로 바뀌어도 바로 건너면 안 되는 거야. 셋을 센 후에 건너야 해."

얼마나 많은 날이 지났을까? 셋째는 초등학교 5학년이 된 지금에서야 혼자 등 · 하교를 한다. 처음 혼자 등교를 했던 날. 잘 다녀오겠다고 인사하고 씩씩하게 현관문을 나섰던 아이의 모습은 감동 그 자체였다. 자신감이 넘치는 아이의 뒷모습은 언제나 항상 빛이 난다. 나는 그런 아이를 응원하며 힘껏 안아준다. 가끔은 엄마와 함께 등교하고 싶다고 이야기할 때가 있다. 혼자 세상 밖으로 나간다는 것이 셋째에게는 쉬운 일은 아닐 것이다. 셋째 아이의 두려운 마음은 백 번 천 번 공감된다. 하지만 내가 언제까지 도와줄 수는 없다. 나는 함께 등교해 주는 대신 파이팅을 외쳐주고, 뒷모습을 바라봐 준다. 셋째에게는 날마다 도전이다. 다른 사람들에게는 당연한 일이지만 셋째에게는 큰 도전이 아닐 수 없다. 매일 도전하며 느리지만 꾸준히 성장하고 있는 셋째에게 참 고맙다.

우리는 지금 행복하다. 자신감을 가지고 각자의 목표를 향해 열심히 노력하고 있는 아이들은 행복하다고 얘기한다. 때로는 본인의 생각대로 진행되지 않아 속상해할 때도 있지만 긍정적인 아이들은 금방 털고 일어난다. 작은 것에도 감사한 마음 가득하다. 이런 삼 남매를 보고 있으면 행복한 미소가 번진다.

나도 여느 부모와 같이 우리 아이들이 행복하게 살길 바란다. 좋은 대학에 들어가고 좋은 직장에 취직해서 얻게 되는 미래의 행복이 아닌, 지금. 오늘이 행복하길 바랄 뿐이다. 매일매일 행복이 쌓이게 되면 미래 또한 행복으로 넘칠 것이다. 우리는 행복이 멀리 있는 것이 아니란 것을 잘 알고 있다. 내가 어떻게 생각하느냐에 따라 나의 행복지수가 달라진다는 것 또한 알고 있다.

기숙사에 있던 큰아이들이 돌아와 다섯 식구 합체하는 금요일. 오늘도 우리는 행복하다. 다섯 식구가 함께한다는 것만으로도 행복이 넘친다. 삼 남매가 전해주는 일상 이야기로 집안이 가득 차는 순간이 좋다. 서로서로 응원하며 한편이 되어 주는 아이들의 모습이 사랑스럽다. 엄마 아빠에게 거리낌 없이 많은 이야기를 나누어 주는 아이들에게 고맙다. 푼수기 가득한 엄마의 재미없는 개그를 보고 웃는 아이들의 미소가 흐뭇하다. 일주일에 한 번, 오랜만에 만난 막냇동생을 힘껏 끌어안아 주며 등을 토닥이는 큰 아이들의 모습은 감동이다. 이 모든 것이 우리에게는 행복이다. 나는 아이들 덕분에 진정한 행복의 의미를 알게 되었다.

7

빵점 육아를 통해 멋진 아이들로 자라다

"300점 엄마는 아이들을 어떻게 키우셨어요? 아이들이 너무 잘 자란 것 같아요. 비결이 뭘까요?"

"사교육 없이 키운 것이 사실인가요? 어떻게 해야 좋은 학교를 보낼 수 있는 건가요?"

"아직도 아이들이 엄마한테 이야기를 많이 한다고요? 아니, 어떻게 그럴 수가 있죠? 비법을 풀어주세요."

엄마들과 상담하다 보면 이런 질문을 자주 받는다. 엄마들의 최대 관심사가 아이들이기 때문일 것이다. 나는 아이들을 내세워 자랑하지는 않는다. 사실 자랑할 것도 없다. 우리 아이만 특별한 것이 아니란 것을 알고 있기 때문이다. 세상의 모든 아이는 저마다 다 특별하다. 아이들은 무궁무진한 가능성이 있다고 생각한다. 다만, 그 가능성을 열어주고 빛나게 해주는 것이 양육자의 노력이 아닐까? 하는 생각을 한다. 이러한 질문을 받을 때면 나는 망설임 없이 대답하곤 한다.

"아이들은 나와는 다른 인격체라는 것을 인정했어요. 아이들의 행복을 위해서라는 말도 안 되는 핑계로 나의 욕심을 채우려 하지 않았어요. 그리고 가장 중요한 것. 확실한 교육관을 정했어요. 그리고, 많은 것을 경험하게 하고 그 안에서 자유롭게 방목하며 키웠답니다."

대답은 거창하게 들릴지 모르겠지만 결론은 하나이다. 나는 해준 것이 없다. 그저 아이들을 자유롭게 키운 것뿐이다. "안전하다고 생각하는 범위 안에서 아이들을 방목했다."라고 표현하는 것이 정답일 것이다. 아이들의 일에 적극적으로 관여하는 일은 없었다. 게으른 어미인지라 아이들을 따라다니며 이것저것 챙겨준 적도 없다. 아이들의 일은 아이들이 선택할 수 있도록 했다. 스스로 생각하고 결정할 수 있도록 했다. 선택에 따른 결과가 어떤 것이든 그 결과에 책임을 질 수 있도록 했다. 잘못된 선택으로 쓴 눈물을 흘려보는 것 또한 좋은 경험이라 생각한다.

어른의 도움이 꼭 필요한 상황이 아니라면 도와준 적도 없다. 아이들을 위한 것이 아닌 나의 욕심을 채우기 위한 잔소리였다는 것을 깨닫게 된 이후 잔소리도 하지 않는다. 잔소리하지 않으니 나도 아이들도 평화롭다. 아이들의 일에 간섭하거나 지나칠 정도의 관심도 두지 않는다. 아이들의 일에 신경 쓰고 간섭할 시간에 나의 성장에 힘을 썼다고 해도 과언이 아니다.

"애가 셋인데 너처럼 편하게 사는 엄마는 처음 본다."
"아이가 시험 기간인데 신경 써줘야지."
"고등학교 입시는? 엄마가 도와줘야지! 엄마라는 사람이 이렇게 속 편하게 있어도 되는 거니?"

나를 알고 있는 사람들은 가끔 이런 이야기를 한다. 아이가 시험 기간이든, 고입 시험을 준비하든 별 관심 없어 보이는 내 모습이 이해되지 않아서일 것이다. 대부분 엄마는 아이들의 시험 기간에는 아이들의 눈치를 살필 것이며, 잔소리해서라도 성적이 잘 나올 수 있기를 바란다. 몸에 좋다는 것, 공부에 도움 된다는 것은 무엇이든 해주려 한다. 하지만 나는 본인의 공부인데 내가 무엇을 해줘야 하는 건지 잘 모르겠다. 잔소리한 다고 빵점에서 백 점으로 성적이 향상된다는 보장도 없고, 엄마가 하나 부터 열까지 챙겨준다고 행복하리란 보장도 없다. 오히려 지나친 관심은 아이들을 답답하게 만들지 모른다.

아이들의 일에 관심 없어 보이는 엄마인 나. 말 그대로 나는 빵점짜리 육아를 했다. 겉으로 보기에 나의 육아 점수는 빵점일지 모른다. 하지만 아이들을 존중하고 사랑하는 마음은 가득한 엄마이다. 아이들이 도움을 청할 때는 어디든 달려가는 열정 엄마이기도 하다. 아이들이 이야기하기 전에 내 마음대로 도와주지 않는 것뿐이다.

아이들은 각자 독립적인 인격체이다. 스스로 생각하고 판단할 줄 알 아야 한다. 보호자가 영원히 아이들의 그늘이 되어 줄 수는 없으며, 아이 들의 일을 대신 해줄 수는 없다. 그러므로 자신의 삶을 주도적으로 이끌 어 갈 수 있는 아이로 키워야 한다고 생각한다. 주도적인 아이로 키우려 면 모든 것을 다 해주는 백 점 육아보다 한걸음 뒤에서 응원해 주는 빵점 육아가 맞지 않을까?

우습게도, 관심 없어 보이고 해주는 것도 없어 보이는 빵점 육아로 삼 남매는 멋진 아이들로 성장하고 있다. 공부하라는 잔소리를 하지 않는 엄마라서 좋다고 이야기하는 첫째는 스스로 공부를 선택했다. 본인의 선택으로 특목고에 진학했고 다음 목표를 향해 열심히 노력하고 있다. 다양한 영역에 호기심 많고, 도전하는 것을 즐기는 둘째는 여러 가지 경험을 통해 본인의 꿈을 찾기로 했다. 지금은 대안교육 특성화 중학교에서 여러 가지 영역에 도전하며 꿈을 찾는 중이다. 화이트 해커가 꿈이라고 말하는 셋째는 누구의 도움도 없이 책과 오래된 노트북의 도움만으로 프로그래밍 세계에 빠져 있다. 물론, 여러 번 컴퓨터를 망가뜨리긴 했지만, 아이의 노력에 박수를 보낸다.

나는 삼 남매가 멋진 아이들로 성장하길 바란다. 멋진 아이들은 어떤 모습일까? 내가 생각하는 멋진 아이들은 자신의 삶을 주도적으로 이끌어 가는 아이, 긍정적인 마음가짐으로 실패를 두려워하지 않는 아이, 도전하는 것을 즐기는 아이라고 생각한다. 멋진 아이로 키우기 위해 나의 빵점 육아는 계속될 것이다. 빵점 육아를 통해 단순히 공부 잘하는 아이보다 넓은 시야로 세상을 바라보고 본인의 꿈에 한 발짝 더 다가갈 수 있으면 좋겠다.

겉으로는 무관심해 보이고 성의 없어 보이는 빵점 육아이지만 알고 보면 아이들의 성장과 독립에 꼭 필요한 육아 방식이라 생각한다. 멋지게 성장·독립할 삼 남매의 미래를 응원하며 오늘도 나는 빵점 육아를 하는 엄마로 살고 있다.

5장

300점

엄마가

되어가는

중입니다

1

40대 중반 엄마가 겪는 성장통

아이들은 자라면서 성장통을 겪는다. 신체 발달로 인해 성장통을 겪기도 하고, 사춘기 때에는 자아와 싸워가며 성장통을 겪게 된다. 아이들이 커가면서 겪는 성장통은 아이에게만 있는 것은 아니다. 아이가 자라며 겪는 성장통을 엄마도 함께 겪는다. 아이가 자라는 만큼 엄마도 자라기 때문이다. 나 역시 지금도 성장통을 겪고 있다. 사십 대 중반이 넘었고, 엄마 경력 17년 차가 되었지만, 여전히 성장통에서 벗어나지 못하고 있다.

큰아이 둘을 연년생으로 낳았을 때 나는 완벽한 엄마라 생각했다. 육아의 달인이라 생각하며 어깨에 힘이 잔뜩 들어갔다. 나처럼 완벽한 엄마는 없을 거라며 호언장담했다. 어리석고, 바보 같았던 지난날의 내 모습이다.

아이들을 키우며 깨닫게 되었다. 처음부터 완벽한 엄마는 없다는 것을. 죽을 만큼 아픈 성장통을 겪으며 조금씩 엄마가 되어간다는 것을 깨달았다. 엄마는 매 순간 나의 욕구, 감정과 싸워가며 서서히 되는 것이었다. 엄마도 사람이기에 부족한 엄마라는 생각에 미안할 때도 있고, 좋은 엄마가 아닌 것 같은 자책감에 시달릴 때도 있다. 이렇게 수많은 시행착오를 겪으며 엄마의 역할에 조금씩 적응한다.

아이들을 키우며 단단한 엄마가 되겠다고 매번 다짐하지만 사실 나도 흔들릴 때가 많다. 다른 아이들과 비교하면 우리 아이만 남들 하는 만큼 못 해준 것 같은 마음이 들기도 한다. 아이를 위해 어떻게 하는 것이 최선인지 고민스러울 때도 있다. 아이들의 선택을 존중한다지만 가끔은 다른 사람들의 말에 마음이 흔들려 우왕좌왕할 때도 있다. 나의 불안한 마음으로 아이의 선택을 믿지 못했던 조금 더 노력해야 하는 어미임을 인정한다.

"빈아. 너도 학원에 다녀보는 건 어때? 혼자 공부하기 힘들지 않니?"

"아니. 나는 아직 괜찮아."

"무조건 아니라고 이야기하지 말고, 잘 생각해 봐. ○○엄마가 그러는데 지금도 늦었대. 다른 아이들은 다 학원 다니는데 어쩌려고 그러는 거야?"

"나는 아직 혼자 공부하는 것이 좋아. 내가 도움이 필요하면 엄마한테 이야기할게."

"그게 아니래. 다들 선행되어 있다는 데 불안하지 않아?"

"나를 믿지 못하고 왜 자꾸 다른 사람들 말만 들어? 오늘따라 엄마 같지 않게 흔들리고, 왜 이러는 거야? 불안할 것이 뭐 있어? 다들 본인한테 맞는 방법을 선택해서 하는 거지. 다른 사람이 그렇게 한다고 그게 정답은 아니잖아. 참고로 지금 이 말은 엄마가 나에게 해줬던 말이야."

큰아이의 말에 한없이 부끄러워졌다. 엄마라는 사람이 내 아이를 믿지 못하고 불안에 떠는 모습이 실망스러웠다. 아이를 믿지 못하고 단순히 불안하다는 이유로 아이를 몰아세운 것 같았다. 아이를 믿고 아이의 선택을 존중한다던 나 역시 이렇게 한 번씩 흔들릴 때가 있다. 절대 흔들리지 않는 교육관으로 아이들을 키우겠다고 다짐했던 나도 귀가 얇아지는 경우가 있다. 학원이 나쁘다고 생각하지는 않는다. 다만, 어떤 결정을 할 때 주체가 나와 아이가 되어야 한다는 것이다. 주체적인 생각 없이 다른 사람들의 말에 흔들리는 것은 올바른 교육관으로 정립될 수 없다는 생각이다.

아이들에게는 엄마 말을 잘 들으라고 이야기하면서 정작 나는 아이의 말에 귀 기울여주지 못한 것 같아 미안했다. 이렇게 지금도 성장통을 겪으며 엄마가 되어가는 중이다. 아이를 기르는 일. 한 사람을 만드는 일인 육아는 여전히 쉽지 않다.

나도 엄마는 처음이다. 세 아이를 키워본 것도 처음이고 연년생 딸 둘을 키워본 것도 처음이고, 아픈 아이를 키워본 것도 처음이다. 처음이다 보니 실수할 수도 있다고 생각한다. 하지만, 처음이라는 환경 탓을 하며, 실수를 덮어 버리고 싶지는 않다. 누구에게나 처음은 있지만 처음이라는 핑계로 발전하지 않는 엄마는 거부한다. 실수했을 때 잘못을 인정하고 다시는 이러한 실수를 하지 않도록 노력할 것이다. 아이의 성장에 맞춰 나도 성장하는 엄마가 되고 싶다.

엄마의 나이는 아이와 같다고 이야기한다. 그렇다면 나는 큰아이와 같은 열일곱 살이다. 아직도 배울 것이 많고 알아갈 것도 많은 나이이다.

많은 시행착오를 겪으며 아이가 성장하듯 나 역시 시행착오를 겪으며 더 좋은 엄마로 성장하리라 믿는다. 인생이라는 큰 무대에서 넘어질 때도 있을 아이들처럼 육아라는 쉽지 않은 세계에서 나 역시 넘어질 때도 있으리라 생각한다.

앞으로도 마음이 흔들려 아이들의 말에 집중하지 못할 때도 있을 것이다. 좋은 엄마가 되기 위해 수많은 성장통을 겪게 되리라는 것도 잘 알고 있다. 성장통을 겪을 때마다 매우 힘들겠지만, 더욱더 멋진 엄마가 되기 위한 과정이라 생각하고 있다. 앞으로도 계속될 성장통을 즐겨보려 한다.

흔들리며 불안할 때마다 나를 다독이며 오늘도 엄마 역할에 충실하며 살고 있다.

"괜찮아. 처음부터 완벽한 엄마는 없어. 너도 엄마는 처음이잖아. 아이와 함께 성장통을 겪으며 조금 더 나은 엄마가 될 수 있도록 노력하면 돼. 그거면 되는 거야."

2

300점 엄마가 되기 위한 노력

'300점 엄마'라는 이름은 내가 오래전부터 온라인에서 사용하고 있는 닉네임이다. 큰아이 둘을 낳고 셋째가 나에게 와주었음을 알았을 때 이 닉네임을 쓰기 시작했다. 아이들에게 100점씩 받아 총 300점이 되고 싶은 나의 마음을 담았다고 할까? 처음에는 300점 엄마가 되고 싶다는 마음에 '300점 엄마 되기'라는 닉네임을 사용했다.

조금 더 특별한 셋째 아이가 태어나고 고통이라 느껴졌던 순간이 축복임을 깨닫게 되었다. 아이의 특별함으로 인해 많은 눈물을 흘렸다. 모든 것을 포기하고 싶다는 생각도 수없이 했다. 포기하고 싶은 순간 나를 다시 일어서게 해준 것이 삼 남매이다.

우리 가족은 셋째를 통해 많은 것을 알게 되었다. 가족의 소중함과 평범한 일상이 주는 감사함을 배웠다. 내 생각과 철학, 인생관을 비롯한 모든 것이 달라진 것은 셋째 덕분이다. 셋째 아이가 조금씩 성장하는 것을 지켜보며 호기롭게 '300점 엄마'로 닉네임을 바꿨다. 삼 남매로 인해 성장한 내 모습을 스스로 칭찬하고 싶었기 때문이다. 300점 엄마라는 이름이 주는 힘이 있는 걸까? '300점 엄마 되기'에서 '300점 엄마'로 이름을 바꾼 후 이름에 맞는 엄마가 되려고 더 많이 노력했다. 진정한 300점짜리 엄마가 되고 싶었기 때문이다.

여전히 흔들릴 때도 있고, 나의 생각이 맞는지 확신이 없을 때도 있다. 어쩌면 300점 엄마라는 이름이 아직은 나에게 어울리지 않을지도 모른다. 아직도 부족한 엄마일 수도 있다. 부족함을 인정하기에 더 배우고 공부하려 노력한다. 삼 남매가 어렸을 때는 많은 육아서를 읽었고 부모교육이 있는 곳이라면 어디라도 찾아 다녔다. 300점 엄마가 되기 위해 나름대로 최선을 다했다. 삼 남매가 성장함에 따라 나 역시 조금씩 성장했다.

아이들이 자라 청소년이 된 후에는 아이들과 많은 대화를 하려고 노력하고 있다. 대화를 통해 아이들의 관심사는 무엇인지, 어떤 고민이 있는지 함께 나누려 한다. 감사하게도 아이들은 나와 이야기하는 것을 싫어하지 않는다. 처음부터 이런 것은 아니다. 항상 같은 잔소리만 하고, 아이들의 마음을 알아주지 않았던 예전에 나와는 이야기하는 것을 좋아하지 않았다. 목소리 크고 고집 센 엄마 덕분에 이야기는 하지 못하고 눈치만 살폈을 뿐이다.

"엄마랑 이야기하고 싶지 않아. 엄마는 항상 엄마 말만 하잖아."

"엄마가 언제 그랬어? 네가 엄마를 그런 사람이라고 결론 내린 거지. 엄마는 항상 이야기를 들어줄 준비가 되어 있어."

"아니, 엄마는 항상 엄마 생각이 맞다고 하잖아. 우리 말은 들어주지도 않잖아. 엄마랑 이야기하다 보면 답답해."

큰아이가 초등학교 4학년 무렵이었다. 충격적인 아이의 말에 가슴이 내려앉는 것만 같았다. 이런 생각을 하고 있었다는 것이 믿기지 않았다. 셋째가 태어난 이후 달라진 나였기에 제법 괜찮은 엄마가 되었다고 생각했다. 300점 엄마가 되었다 으쓱했는데…. 나만의 착각이었다. 마냥 어린아이라 생각했던 것이 큰 실수였다. 독립된 개체로 존중받고 싶어 했을 아이의 마음을 헤아리지 못했다. 큰아이는 더 이상 어린아이가 아니었다. 아이들의 나이에 맞춰 나 역시 달라져야 했다. 그 사실을 미처 알지 못했다. 나의 부족함이 드러나는 순간이었다. 아이의 폭탄 발언을 듣고 어떻게 해야 할지 막막했다.

그때부터 다시 공부를 시작했다. 대학 시절, 마르고 닳도록 보았던 아동 심리학에 관련된 책을 다시 꺼내 보았다. 엄마가 된 후 다시 꺼내 본 책은 더 사실적으로 다가왔다. 전공 서적뿐만 아니라 현장에 계신 선생님들이 쓴 책도 많이 읽었다. 책을 읽으며 아이의 마음을 이해하려 했고, 아이 마음에 상처 주지 않는 방법들에 관해 생각해 보았다. 대화법에 대한 강의를 보며 아이와 어떤 식으로 대화해야 하는지도 생각하는 시간을 가졌다. 나와 아이 모두의 행복을 위해 감정 코칭에 관한 강의도 열심히 보고 배웠다. 나는 아이와 소통할 수 있는 엄마가 되고 싶었다.

여러 권의 책을 읽고, 강의를 보며 몸에 익히려 부단히 노력했다. 나의 노력이 느껴졌던 것일까? 어느 순간 아이가 먼저 다가와 이야기하기 시작했다. 엄마와는 이야기하고 싶지 않다던 아이의 놀라운 모습이었다. 아이의 말에 깊이 공감하며 대화를 이어 나갔다. 내 생각을 이야기하기보다 아이의 생각을 들어주려 했다. 아이의 심리 상태를 이해하니 한결 부드러워진 대화가 이어졌다. 행복했다. 아이와의 대화도 나의 성장도 감사했다.

모든 부모가 아이들을 사랑하는 것처럼 나 역시 아이들을 사랑한다. 사랑하는 아이들에게 올바른 사랑법으로 사랑을 주고 싶다. 나의 화를 참고 아이들을 이해해 주는 노력을 할 것이다. 적절한 소통 방법을 통해 아이들에게 상처가 아닌 안정감을 주는 엄마가 되고 싶다. 내가 아이들에게 준 것보다 받은 것이 더 많다는 것을 느낀다. 아이들에게 많은 것을 배운다. 아이들을 통해 내가 성장함을 느낀다. 나는 300점 엄마라는 이름이 부끄럽지 않도록 앞으로도 꾸준히 성장할 것이다. 삼 남매와 함께 배우며 성장하는 300점 엄마. 나 자신을 스스로 응원해 본다.

3

똑소리 나는 엄마와 친구 같은 엄마

"친구 같은 엄마가 될 수 있을까?"

많은 심리학자는 아이와 엄마는 친구가 되면 안 된다고 이야기한다. 친구가 된다면 아이는 엄마를 잃어버리게 되는 꼴이다. 함께 놀아줄 때는 친구 같은 엄마가 좋겠지만 어려운 일이 있거나 힘든 일이 있다면 친구보다는 안정감을 줄 수 있는 엄마가 필요하다. 또한 친구 같은 엄마가 된다면 아이는 엄마를 친구로만 생각할 가능성이 높다. 버릇없는 행동을 보일 수 있고, 엄마의 말을 듣지 않고 본인의 뜻대로 하려는 막무가내 모습이 나올 수도 있다. 이런 결과들을 생각한다면 친구 같은 엄마는 아이를 망치는 지름길이라는 생각이 든다.

하지만, 나는 아이들에게 친구 같은 엄마가 되어 주고 싶었다. '친구 엄마가 아닌 친구 같은 엄마.' 보호해 주지 못하고 아이와 격의 없이 지내는 진짜 친구를 말하는 것이 아니다. 되는 것과 안 되는 것은 분명하게 말하고, 단호함(권위)은 있으나 다정한 엄마. 아이가 결정할 수 있는 영역은 아이에게 선택권을 주지만(예를 들면, 놀잇감이나 읽을 책을 선택하는 일), 아이가 결정해서는 안 되는 것(예를 들면, 스마트 기기의 사용시간을 정하는 일)은 내가 확실하게 통제한다. 아이에게 해를 끼칠 수 있는 영역만 통제하는 것이다. 친구 같은 엄마가 될 때와 친구 같은 엄마가 돼서는 안 될 때를 명확하게 구분한다. 내가 생각하는 친구 같은 엄마는 바로 이런 모습이다.

처음부터 이런 생각을 하지는 못했다. 친구 같은 엄마라면 진짜 친구처럼 편하기만 한 관계라고 생각했다. 아이들이 원하면 다 들어 주고, 아이들이 하고 싶은 것은 다 할 수 있게 놔두는 것이 친구 같은 엄마라고 이해했다. 예의를 중요하게 생각하고 되는 것과 안 되는 것의 구분이 확실한 나는 이런 편한 엄마는 될 수 없었다. 이러한 이유로 권위적이고 사사건건 통제하는 무서운 엄마를 자처했다. 엄마를 우습게 보고 만만하게 생각할 수도 있는 친구 같은 엄마는 되고 싶지 않았다. 나에게는 상상도 못 할 일이었다. 똑소리 나게 아이들을 잘 키우면 되는 것이지, 만만하고 편하기만 한 친구 같은 엄마는 필요 없다고 생각했다.

내가 똑소리 나는 엄마와 친구 같은 엄마와의 사이를 고민할 때, 통제와 자율성에 대해 깊이 생각해 보게 하는 사건이 있었다. 등교 준비를 하는 아이의 긴 머리를 보니 갑갑한 느낌이 들었다.

"머리를 단정하게 묶고 가는 것이 어떨까? 머리카락이 너무 길어서 공포 영화 보는 것 같아."

"나는 머리 묶기 싫어. 친구들도 다 풀고 다녀."

"친구들이 무슨 상관이야? 단정하게 하고 다니면 좋지. 엄마가 틀린 말 한 적 없잖아."

"엄마가 틀린 말은 한 적 없지만 내 머리카락은 내 마음대로 하고 싶단 말이야. 머리를 풀고 간다고 해서 큰일이 생기는 것도 아니고, 엄마 생각대로 내가 하지 않으니까 그러는 거잖아."

아이의 말이 맞았다. 머리를 묶고 가지 않는다고 해서 큰일이 생기는 것은 아니다. 아이에게 해를 끼치는 영역도 아니었다. 머리를 묶고 가든 풀고 가든 달라질 것은 없다. 그런데 나는 왜 아이에게 내 생각을 강요했을까? 아이의 생각보다 내 생각이 중요했기 때문이다. 아이가 하고 싶은 대로 하는 꼴을 볼 수 없었다. 어떤 것이든 내 말을 듣지 않는 것은 엄마의 권위가 떨어진다는 말도 안 되는 생각 때문이었다. 친구 같은 엄마는 만만한 엄마라고 확신했기에 모든 영역을 통제했다. 내 생각과는 달리, 머리를 묶고 가라는 내 말을 듣지 않았다고 아이가 나를 만만하게 봤다고는 이야기할 수 없다. 그때부터 내 생각은 바뀌기 시작했다. 단호함(권위)은 있지만 다정한 엄마. 해를 끼치지 않는 영역이라면 아이의 선택을 존중해 주는 엄마. 친구 같은 편안함도 있지만 엄마의 역할은 완벽하게 하는 엄마. 내가 정의한 친구 같은 엄마가 되어 주기로 결심한 것이다.

내가 생각한 친구 같은 엄마가 되기로 한 후 육아 스트레스가 훨씬 줄었다. 아이들의 모든 것을 내가 선택해 줘야 한다는 강박에서 벗어났다. 스트레스가 줄고 마음이 편해지니 말과 행동도 바뀌었다. 아이들은 다정하게 변한 내 말투와 행동을 좋아하는 눈치였다. 단호하지만 다정한 엄마를 좋아했다. 아이들은 이런 나에게 스스럼없이 많은 이야기를 한다. 아이들의 이야기에 동갑내기 친구처럼 호응하고 똑소리 나는 엄마의 모습으로 피드백해준다. 아이들은 내가 해주는 조언을 귀담아듣는다. 옳고 그름을 따지고 정답을 가르쳐주기보다 인생의 선배로 아이들의 멘토가 되어 주고 싶다.

주말에만 볼 수 있는 큰아이들은 나를 보자마자 이야기보따리를 푼다. 조용했던 집에 활기가 넘친다. 학교에서 겪었던 크고 작은 일들을 이야기해 준다. 다양한 주제의 이야기를 편하게 풀어놓는 모습이 사랑스럽다. 아이들의 이야기를 들으며 함께 웃고 함께 고민한다.

아이의 생각을 듣고 내 생각을 이야기한다. 본인이 생각하지 못한 부분까지 이야기해 주는 나를 보며 "오~! 그럴 수도 있겠다!"라며 고개를 끄덕인다. 엄마의 조언을 싫어하지 않는 모습이다. 고민이 있을 때면 아이들이 느꼈을 감정에 공감해 준다. 내가 볼 땐 별것 아닌 고민일 때도 있지만 아이의 입장이 되어 생각하려 노력한다. 마음에 공감하다 보면 나도 청소년 시기로 돌아간 듯한 착각이 든다. 그때의 나로 돌아가 생각해 보면 아이들과 비슷한 고민을 했을 거라는 생각이 든다. 엄마를 만나면 수다쟁이가 되는 친구 같은 아이들이 좋다. 친구와 수다 떨 듯 이야기하는 것이 좋다. 친구 같은 엄마가 된 후 우리의 관계가 더 친밀해졌음이 느껴진다. 아이들에게 친구 같은 엄마가 되어 준다는 것은 나쁘지 않은 일이다.

엄마인 나보다 훨씬 커버린 아이들. 아이들이 커감에 따라 아이들이 선택할 수 있는 영역이 늘어남을 느낀다. 아이들의 완벽한 독립을 위해 조금씩 주도권을 주고 있다. 물론 '부모의 허락이 있어야 가능하다'는 전제조건 아래. 아이들이 자라면서 우리는 서로에게 더 좋은 친구가 되고 있다.

삼 남매가 성인이 되었을 때는 진짜 친구가 될 수 있지 않을까 생각해 본다. 아이들이 친구가 필요하다고 이야기한다면 나는 언제든 아이의 가장 친한 친구가 되어 주려 한다. 나는 삼 남매에게 이 세상 하나뿐인 엄마이다. 엄마의 의무와 역할을 잘해내는 똑소리 나는 엄마와 아이들의 이야기에 귀 기울여주고 다정한 친구 같은 엄마가 될 것이다. 호응은 동갑내기 친구처럼! 피드백은 똑소리 나는 엄마의 모습으로! 이것이 똑소리 나는 친구 같은 엄마가 아닐까?

엄마라면 못 할 것은 없다

세상에서 가장 어려운 일은 무엇일까? 생텍쥐페리의 『어린 왕자』에서는 사람의 마음을 얻는 일이 가장 어려운 일이라고 이야기한다. 각각의 얼굴만큼 마음도 각양각색인 사람이다. 이렇게 서로 다른 사람의 마음을 얻기는 당연히 쉬운 일은 아닐 것이다. 사람의 마음을 얻는다는 것도 이렇게 어려운 일인데, 사람을 키워내는 일은 어떨까? 아이들은 아무것도 모르고 할 수 있는 것도 하나 없는 상태로 우리에게 온다. 배고프거나 불편할 때 울음으로 표현하는 것 외에 할 수 있는 것은 아무것도 없다.

엄마는 이러한 순백의 상태인 아이들을 사람으로 키워내고 만드는 일을 하게 된다. 본능적인 욕구를 충족시키는 일부터 기본적인 규칙, 더 나아가 가치관까지. 모든 것을 가르쳐주고 이끌어 주는 길라잡이가 되어야 한다. 본능만 있던 아이를 성숙한 인격체로 만드는 일. 이 얼마나 어렵고 힘든 일인가? 화초를 키우거나 반려견을 돌보는 일도 쉬운 일이 아닌데, 사람을 만드는 일이라니! 세상에서 가장 어려운 일은 바로 사람을 만드는 일이 아닐 수 없다. "엄마는 위대하다.", "엄마는 강하다."라는 말이 그냥 나온 것은 아니라 생각한다.

기억 속에는 없지만 나에게 네 살 차이 나는 오빠가 있었다고 한다. 오빠는 통통하고 잘생긴 얼굴에 예의도 발랐다. 오빠는 동네 어르신들의 사랑을 독차지했다. 기저귀 차고 아장아장 걸어 다니던 나를 귀여워했고, 그런 오빠를 좋아했던 나는 오빠 뒤만 졸졸 따라다녔다고⋯. 또래보다 키가 크고 덩치가 컸던 오빠는 본인보다 나이가 많은 형들과 어울리는 것을 좋아했고, 그 집단에서도 대장 노릇을 자주 했다. 여동생을 좋아했던 오빠였지만 형들과 놀 때는 절대 나를 끼워주는 일은 없었다. 말도 제대로 하지 못하는 아기를 놀이에 끼워주고 싶지는 않았을 것이다.

오빠가 나를 피해 후다닥 도망가 버리면 어린 나는 오빠를 부르며 울고 동생의 울음소리에 다시 달려와 나를 안아주던 자상한 오빠였다고 한다. 이렇게 듬직하고 멋진 오빠가 몹쓸 병에 걸렸다. 누구보다도 건강했던 오빠였던지라 그 누구도 상상하지 못한 일이었다. 쉽지 않은 병에 걸린 오빠는 결국 하늘의 별이 되었다. 사랑하는 자식을 하늘로 먼저 보낸 엄마. 오빠의 죽음으로 엄마는 깊은 우울감에 빠지게 되고 어린 나를 돌봐 줄 여유는 없었다. 엄마는 오빠가 잠든 곳에 찾아가 피눈물을 쏟아 내는 것이 일상이었고, 집에 혼자 남겨진 어린 나는 배가 고파 우는 것이 일과였다.

"엄마가 그때는 제정신이 아니었어. 자식을 먼저 보내고 어떻게 제대로 된 정신으로 살 수 있겠니? 슬픔에 빠져 아무것도 할 수 없을 때 나를 다시 살려준 것이 바로 너란다. 네가 없었다면 엄마는 살지 못했을 거야. 나를 다시 살게 해준 사람이 바로 너야. 그때 엄마가 내 슬픔에 빠져 너를 돌봐 주지 못한 것이 아직도 많이 미안하구나."

엄마는 아직도 나에게 미안한 마음을 이야기하신다. 당신의 슬픔에 빠져 어린 나를 돌봐 주지 못했다는 죄책감이 아직도 남아 있는 것 같다. 오빠가 하늘의 별이 된 이후 엄마, 아빠는 나에게 모든 관심과 애정을 쏟으셨다. 한 명의 자식을 먼저 보냈기에 내가 어떻게 되기라도 할까 항상 노심초사였다. 모든 부모가 자식을 사랑하겠지만 나는 이러한 상황의 특수성 때문에 더 큰 사랑을 받았다 해도 과언이 아니다. 모기에게 물릴까 밤새 부채질을 해주며 모기를 쫓아주었던 엄마였다. 학교에 다닐 때 도시락이 식을까 점심시간에 맞춰 따뜻한 도시락을 직접 들고 오신 분이었다. 깡마른 몸에 바람 불면 날아갈 것 같던 엄마였지만 내가 봐왔던 엄마는 누구보다도 강한 분이었다. 자식을 위해서라면 두려운 것이 없는 천하무적. 마른 몸에 그런 에너지가 어디에서 나오는 건지 궁금했다. 엄마가 된 이제야 조금은 알 것 같다.

아빠가 돌아가시고 홀로 남겨진 엄마는 여전히 든든한 버팀목이 되어주고 계신다. 자식이라면 끔찍하게 생각하는 엄마. 엄마의 에너지가 넘칠 수 있는 것은 바로 우리. 자식임을 깨닫는다. 엄마, 아빠에게 나는 인생 그 자체였을 것이다. 엄마가 된 후 알게 되었다. 부모의 사랑이라는 것은 그 어떤 사랑보다 위대하다는 것을….

부모님의 과한(?) 사랑을 받고 자라서인지 나는 겁이 많고 소심한 아이였다. 집 앞 구멍가게에도 혼자 가지 못했던 겁쟁이. 무엇이든 혼자 한다는 것은 상상도 할 수 없던 나였다. 낯선 환경을 두려워하고 누가 시키지 않는 이상 먼저 나서는 일도 없었다. 적극적이지 못했고 수동적인 아이였다. 어떤 것을 결정할 때도 쉽게 결정하지 못했다. 나의 결정에 믿음이 없었고 잘못된 선택을 하게 될까 걱정만 앞섰다.

이런 내가 세 아이의 엄마가 되었다. 세 아이를 낳고 길렀다. 연년생 딸 둘과 특별한 셋째까지…. 세 아이를 낳으면서 나는 엄마가 되었다. 나의 엄마가 그러했듯 나 역시 엄마가 되고 천하무적이 되었다. 겁 많고 소심했던 과거의 내 모습은 없다. 누구보다도 적극적이며 실패를 두려워하지 않는 사람으로 다시 태어났다. 아이를 낳고 기르며 겪게 된 수많은 시행착오와 실패를 통해 더욱더 단단한 내가 되었음을 느낀다. 엄마라는 이름은 아무나 가질 수 있는 것이 아니다. 엄마라고 불리는 사람에게는 누구도 따라올 수 없는 힘이 있다. 엄마라는 이름이 주는 에너지는 대단하다. 대단한 에너지를 가진 사람, 엄마는 두려운 것이 없다.

나에게 엄마라는 이름이 없었다면 열두 번은 넘게 무너졌을 것이다. 쌍둥이 키우는 것만큼 힘든 연년생 육아와 아픈 아이를 키운 나는 엄마라는 이름으로 다시 태어났다. 아이들을 키우며 수천 번 울었고, 수백 번 무너졌다. 내 뜻대로 되지 않았던 일도 많았다. 엄마라는 이름이 어울리지 않는 사람이라고 생각했던 적도 있다. 자책하며 괴로워했던 적도 많다. 하지만, 내가 엄마라는 사실은 달라지지 않았다. 아이들은 아무 조건 없이 나에게 사랑을 준다. 나는 그런 사랑을 받는 엄마이다. 엄마는 두려운 것이 없다. 엄마라면 못할 것은 없다. 모든 사람이 안 된다고 이야기하는 것도 가능하게 만드는 것이 엄마이다.

마음에 큰 구멍이 생겨 아파했던 큰 아이들을 웃게 만든 사람이 나. 엄마이다. 사람 구실을 하지 못할 것이라는 이야기를 들은 셋째를 사람으로 만든 것도 역시 나이다. 내가 대단한 힘을 가진 사람이어서가 아니다. 엄마이기 때문에 할 수 있었다. 나 역시 평범한 사람이고 보통의 엄마이다. 긍정적으로 생각하려 노력할 뿐이다. 아이들과 함께 성장하는 것이 꿈인 엄마일 뿐이다. 엄마라는 이름을 가진 사람은 못 할 것이 없다. 세상에서 가장 어려운 일인 사람을 만들어 내는 일을 한 엄마에게는 어려운 일은 없다.

나는 세 아이의 엄마이다. 세 아이의 마음을 얻어 우주 전부를 얻는 기쁨을 맛볼 수 있기를 소망해 본다. 지극히 평범한 엄마이지만 사람 만드는 일을 해냈다는 것. 그리고 세 아이의 마음을 얻었다는 것으로 자신감을 느끼기에 충분하지 않을까.

5

엄마라는 이름으로 얻게 되는 것들

　학벌, 종교, 재산, 자질, 성향…. 어떠한 자격 조건 없이 아이를 낳으면 누구나 얻게 되는 것이 엄마라는 이름이다. 나 역시 첫째 아이를 낳고 엄마라는 이름을 얻었다. 엄마의 역할을 잘할 수 있는지 없는지, 묻고 따지지도 않고 아이를 낳으면 엄마가 된다. 나는 아무런 준비 없이 엄마가 되었다. 엄마라는 이름이 나에게 주는 무게감 따위는 없었다. 아니, 그 무게감을 느낄 만큼의 성숙함이 나에게는 없었다. 엄마가 되었다고 내 삶은 크게 달라질 것은 없다고 생각했다. 아이를 낳았으니 그냥 엄마가 된 것뿐이다.

아무 생각 없이 엄마가 되어 버린 나의 하루는 무척이나 고단했다. 나의 상상과는 다르게 펼쳐지는 날들에 백기를 흔들고 싶었다. 엄마가 된 후의 나는 모든 것이 달라졌다. 아이가 잘 때 자야 했고, 아이가 일어날 때 일어나야 했다. 내 마음대로 할 수 있는 것은 없었다. 모든 것이 아이에게 맞춰졌다. 나의 생활방식도 내 생각도 모두 아이 중심이었다. 나의 시간은 1분도 허락되지 않았다. 먹는 것, 자는 것, 화장실 가는 것조차 내 마음대로 할 수 있는 것은 없었다. 가장 기본적인 욕구조차 충족하기 힘든 현실. 그렇게 엄마의 역할이 시작되었다.

아이를 키우며 많은 것을 포기했다. 예쁜 옷, 구두, 긴 머리카락을 포기했고 내 시간을 포기했다. 셋째를 낳은 후에는 사랑했던 나의 일도 포기했다. 그렇게 나는 사라져갔다. 나라는 사람은 사라지고, 삼 남매의 엄마로 다시 태어났다. 엄마가 되었기 때문에 모든 것을 포기해야 한다고 생각했다. 나의 엄마가 그러했듯이 나 역시 그렇게 내가 아닌, 엄마로 살아야 한다고 생각했다. 나의 일도 나의 삶도 포기하고 아이들을 위한 삶을 살아야 한다고 느꼈다. 나로서 살 수 없게 되었다는 생각에 깊은 슬픔이 밀려왔던 적도 있다. 내가 스스로 선택한 엄마라는 이름이었지만 때때로 슬퍼지는 것은 어쩔 수 없었다.

'나는 엄마니까 나에 관한 것들은 포기해야 한다. 나는 버리고 엄마로 살아야 한다. 그렇다면 엄마로 사는 것은 나를 포기하는 것일까?'

'엄마라면 나를 포기하는 것이 당연한가?'

'나를 버리고 엄마의 모습으로만 사는 나의 모습을 아이들은 좋아할까?'

어느 순간 스스로 질문을 던졌다. 엄마이기 때문에 모든 것을 포기하는 것이 좋은 엄마라 생각했던 것은 나의 어리석음이었다. 엄마가 되었다고 모든 것을 포기할 필요는 없었다. 엄마가 되었으니, 모든 것을 포기하라고 이야기했던 사람도 없었다. 잘못된 나의 생각이었고 나의 핑계일 뿐임을 깨달았다.

"포기하는 순간 핑곗거리를 찾게 되고 할 수 있다고 생각하는 순간에 방법을 찾는다."〈낭만닥터 김사부〉에 나왔던 대사처럼 나 스스로 포기를 하고 싶었던 것뿐이다. 아이가 세 명이나 있다는 것은 나에게 훌륭한 핑곗거리였다. 이 좋은 핑곗거리를 내밀며 아무것도 하고 싶지 않았던 것은 바로 나. 자신이었다. "아이들 때문에…." 라는 말도 안 되는 핑곗거리를 대며 무언가를 해보려 하지도 않았다.

스스로 질문을 던지고 생각을 바꾸니 새로운 모습이 보이기 시작했다. 엄마가 되기 전과 엄마가 된 후의 내 모습은 많이 달라져 있었다. 극소심한 사람이었던 나는 세상 두려운 것이 없는 담대함을 갖게 되었고, 융통성이라고는 없었던 내가 유연한 생각을 할 수 있게 되었다. 실패라는 단어에 두려움을 느꼈던 나였지만 엄마가 된 후에는 두려움이 없어졌다. 부정적인 생각을 많이 했던 내가 긍정적인 생각을 하는 사람으로 바뀌었다. 세 아이를 키우며 겪었던 크고 작은 일들이 나를 변하게 만든 것이다. 아이들과 함께하면서 나 역시 성장했다. 엄마가 되기 전의 나보다 엄마가 된 이후의 내가 더 멋있었다. 엄마라는 이름으로 겪은 모든 것들이 나의 커리어가 되어 주었다. 엄마라서 포기할 것은 아무것도 없었다. 괜한 핑곗거리를 대며 꽉 막힌 생각 속에 갇혀 있던 나였다. 엄마라서 할 수 없고, 아이들 때문에 못 한다고 이야기한 것은 하고 싶지 않아 스스로 피하는 것임을 깨닫게 되었다.

내가 포기했던 것들은 그저 나의 작은 일부분이었다. 예쁜 옷, 구두, 긴 머리카락을 포기한 것은 나에게 그리 큰 비중을 차지하는 것들이 아니었다. 예쁜 옷, 구두, 긴 머리카락은 언제든 다시 실현할 수 있는 일이다. 나의 일을 포기한 것은 지금도 후회하지 않는다. 다시 그때로 돌아간다 해도 같은 선택을 할 것이다. 나의 일을 포기함으로써 셋째 아이에게 기적 같은 순간이 찾아왔고, 우리 가족은 더 단단해졌으니 말이다.

나의 모든 것이 바뀌는 계기가 되었고 그것으로 인해 삼 남매가 성장했다. 삼 남매의 성장을 지켜보며 나 역시 성장했다. 내가 포기한 것보다 더 많은 것을 받았다. 엄마라서 나를 포기하고, 모든 것을 잃은 것이 아니라 엄마가 되고 얻게 된 것들이 훨씬 더 많음을 알게 되었다. 엄마라는 이름으로 얻게 된 모든 것들에 감사하다.

내가 엄마가 되지 않았더라면 지금의 내 모습은 없었을 거로 생각한다. 유연한 사고와 도전할 수 있는 용기, 잘할 수 있다는 자신감. 이 모든 것들을 엄마라는 이름으로 얻게 되었다. 나를 엄마로 만들어 준 삼 남매. 삼 남매 때문에 내가 무언가를 포기한 것이 아니라 삼 남매에게 받은 것이 더 많다. 아이들과 함께하는 모든 순간이 나를 성장시켰음을 깨닫는다.

엄마라서 포기할 필요는 없다. 아이들도 그런 엄마의 모습은 바라지 않을 것이다. 나 때문에 엄마가 많은 것을 포기했다고 생각하면 죄책감이 들 수도 있다. 아이와 나. 모두를 위해 포기한다는 생각은 옳지 않다. 나에게는 앞으로도 포기라는 단어는 없다. 엄마라서 포기하는 것이 아니라 엄마라서 할 수 있다는 생각의 전환으로 꾸준히 성장하려 한다. 삼 남매와 함께 성장하는 멋진 엄마. 나는 그렇게 삼 남매와 함께하고 싶다.

6

엄마도 조기 퇴근합니다

몇 년 전 중앙일보에 기재된 흥미로운 기사를 발견했다. '내가 하는 집 안일, 연봉으론 얼마'라는 제목의 기사였다. 이 기사에 따르면 한국 전업 주부 여성의 1주간 가사 노동 평균 시간은 약 42시간이라고 한다. 일 평 균 6시간을 요리 및 설거지, 청소, 빨래, 장보기, 미성년 자녀 돌보기 등 에 사용하는 것이다. 이러한 집안일을 하는 엄마들에게 월급을 준다면 약 211만 원(2018년 기준) 정도 되지만, 엄마가 집안일을 한다고 월급을 받는 예는 없다. 많고 많은 집안일은 우리에게는 무료 봉사일 뿐이다. 월

급을 받으며 하는 일은 아니지만 엄마들은 집안일에 최선을 다한다. 아이들에게 깨끗한 환경과 맛있는 음식을 제공해 주는 것은 엄마의 당연한 역할이라고 생각하기 때문이다.

나 역시 집안일에 최선을 다하는 엄마였다. 최선을 다했다는 표현으로도 부족하다. 나는 전투적으로 집안일을 했다. 용맹한 장군이 전쟁에 나가기 전 갑옷을 입고 칼을 차며 마음을 다잡는 것처럼 나에게 지저분한 집은 전쟁터였다. 바닥에 떨어져 있는 머리카락 한 올도 용납하지 못했다. 창문과 거울의 얼룩도 그냥 지나치지 못했다. 모든 물건은 내가 정한 자리에 있어야만 했다. 옷장의 옷들은 반듯하게 자리를 잡고 있어야 했고, 구석진 곳에도 먼지는 없어야 했다.

나는 세제와 청소도구를 사랑했다. 새로 나온 청소도구가 있으면 꼭 사야만 직성이 풀렸다. 새로운 청소 아이템들은 나를 설레게 했다. 이렇게 하루 종일 집안일에 집중했다. 아이들이 등원하고 전투적으로 집안일을 하다 보면 하루가 금방 지나갔다. 고작 집안일을 했을 뿐인데, 아이들이 하원할 시간이 되어 버린다. 아이들을 위해 간식을 만들고 하원하는 아이들을 데리러 간다.

오후 시간이 되면 내 몸은 이미 천근만근이다. 하지만, 아직도 할 일은 남아 있다. 아이들과 놀이터에 나가 노는 모습을 지켜본다. 집에 돌아와 아이들을 씻기고 저녁을 준비한다. 중간중간 아이들의 이야기도 들어 줘야 하고, 셋째의 기저귀도 갈아줘야 한다. 저녁을 먹고 아이들을 재우고 나면 비로소 나의 하루는 끝이 난다. 밤늦은 시간이 되어야만 퇴근이 가능한 엄마라는 직업을 갖고 있던 나였다.

누구보다도 열심히 살고 있다고 자부했던 나였지만 매일 밤 공허함이 밀려왔다. 책 한 장 읽을 시간도 없었고, 하늘을 올려다볼 시간도 없었다. 내가 읽고 싶은 책 대신 아이들의 동화책을 읽어야 했고, 하늘을 보는 것 대신 내 시선은 항상 아이들에게 머물러 있었다.

모두가 잠들고 난 새벽. 비로소 내가 되는 시간이다. 베란다 밖으로 보이는 가로등 불빛이 외로워 보여 한참을 울었던 기억이 난다. '엄마'가 아닌 '나'로 살고 싶다는 생각이 들었다. 사랑하는 세 아이가 있었지만 내 마음속 공허함까지는 채워주지 못했던 것 같다. 엄마로 사는 삶이 불행했다고 느낀 것은 아니다. 그저 나의 시간을 갖고 싶었고, 나의 꿈을 찾아 도전하고 싶었을 뿐이다. 연년생 두 아이와 아픈 셋째. 삼 남매를 키우고 있던 엄마인 나에게는 영원히 이뤄질 수 없는 꿈이라 생각했던 그때였다.

생각을 조금 바꾸기로 했다. 전투적으로 하던 집안일을 조금씩 줄였다. 하루쯤 집안일을 하지 않는다고 해서 문제 될 것은 없었다. 집안일에 온 열정을 쏟아 피곤하다는 핑계로 항상 짜증을 달고 살던 나였다. 생각을 바꾸고 나의 시간을 갖기로 한 이후로는 매일 행복했다. 남편과 아이들은 이런 내 모습을 환영했다. 집안일에 투자했던 시간을 나에게 투자하기로 결심했다. 짧은 시간이라도 나의 시간을 갖는다는 것이 중요했다. 길지 않은 시간이라 해도 나의 시간을 꼭 갖기로 마음먹었다. 나에게 주어진 그 시간을 충분히 활용하려고 노력했다. 하고 싶었던 공부를 했고, 자격증을 취득했으며 조금씩 성장하는 엄마의 모습을 보여줬다. 아이들의 성장만을 바라는 엄마가 아니라 아이와 함께 성장하는 엄마가 되고 싶었다.

"최고의 교육은 경험", "교육의 목표는 독립"이라는 확실한 교육관이 정해진 이후 우리는 모두 달라졌다. 다양한 경험을 통해 스스로 문제를 해결할 수 있도록 했고, 아이들의 선택을 존중해 주었다. 잔소리를 줄이고 아이들의 목소리에 귀를 기울였다. 내가 가지고 있던 아이들을 향한 욕심을 버렸다. 아이들의 모든 것에 개입하기보다는 한 발짝 뒤에서 아이들을 지켜보고 응원했다. 이러한 과정에서(빵점 육아 속에서) 아이들은 주도적이고 독립적으로 자랐다. 독립적인 아이들은 엄마에게 자유를 선물해 주었다.

아이들이 스스로 문제를 해결할 줄 알기 때문에 나에게 더 많은 시간이 주어졌다. 엄마라서 집안일만 해야 한다고 생각하지 않는다. 엄마이기 때문에 야근을 밥 먹듯 해야 할 필요는 없다. 집안일을 조금 줄인다 해도 큰일이 일어나거나 크게 달라지는 것은 없다. 엄마의 조기퇴근은 나의 육아 방법에 달린 것 같다.

아이를 독립적으로 키우면 엄마에게는 조기 퇴근의 영광이 주어진다. 엄마도 조기퇴근을 할 수 있게 되는 것이다. 많은 엄마가 그러하듯, 나 역시 퇴근 시간도 정해지지 않은 엄마였다. 밤늦도록 야근하고, 마음속 공허함에 눈물을 흘리던 엄마였다. 엄마인 나에게 조기퇴근은 꿈만 같던 이야기였다. 조기 퇴근은커녕 자고 싶을 때 잘 수도 없었던 엄마였다. 하지만, 나의 변화와 확실한 교육관을 통해 조기 퇴근을 할 수 있는 엄마가 되었다. "조기 퇴근" 이것은 꿈의 직장이 아닐 수 없다. 꿈의 직장을 선물해 준 삼 남매. 꿈의 직장에서 일하고 있는 나. 오늘도 나는 조기 퇴근이 예정되어 있다.

7

엄마의 꿈을 응원해 주는 아이들

"엄마! 엄마는 꿈이 뭐야?"

"글쎄…. 엄마 꿈은…. 멋진 엄마가 되는 것. 그래 이게 바로 엄마 꿈이야."

"에이~ 시시해. 무슨 꿈이 그래? 엄마는 이미 우리 엄만데, 또 엄마가 되는 것이 꿈이야?"

"그냥 엄마가 아니라 멋진 엄마가 되는 것이 꿈이라니까? 멋지지 않니?"

꿈에 관한 책을 읽던 큰아이가 뜬금없이 나에게 질문을 했다. 진지하게 묻는 아이에게 선뜻 대답할 수가 없었다. 나의 꿈. 세 아이의 엄마가 되어 버린 지금 나의 꿈은 무엇일까? 멋진 엄마가 되는 것이 꿈이라고 말을 했지만, 어떤 것이 멋진 엄마인지 구체적으로 생각해 본 적은 없었다.

내 대답을 들었던 큰아이가 나의 마음을 이해했을지는 모르겠다. 궁금해 죽겠다던 표정으로 엄마의 꿈을 물어봤던 아이. 거창하고 대단한 엄마의 꿈 이야기가 나올 것이라 기대했다가 '멋진 엄마'라는, 어쩌면 소박한 꿈 이야기를 듣고 실망한 듯 보였다. 엄마의 입에서 대통령, 미스코리아, 연예인…. 이런 단어들이 나오길 기대했던 것일까? 아직 어렸던 큰아이는 내 생각과 마음을 이해하지 못했을 것 같다.

꿈도 많고 하고 싶었던 것도 많았던 때가 있었다. 무엇이든 마음만 먹으면 다 할 수 있다는 자신감이 넘쳤을 때도 있었다. 젊음이라는 것 하나만으로도 큰 에너지가 솟아났던 그때였다. 이런 내가 결혼을 하고 세 아이의 엄마가 되었다. 연년생 딸 둘과 아픈 막내 아이를 키우며 꿈이라는 것은 생각할 수도 없을 만큼 고단하고 힘든 하루하루를 살았다. 내가 무엇을 좋아했는지, 내가 잘할 수 있는 일은 무엇이었는지 기억도 나지 않았다. 나의 꿈은 아이들이 되어버렸고, 나의 인생 또한 아이들이 되어버렸다. 그렇게 나는 엄마가 된 것 같다. 세상의 모든 엄마가 그러하듯, 육아에 고군분투하며 나의 꿈과 정체성은 사라졌다.

"엄마는 꿈이 뭐야?"라고 묻던 아이의 질문은 전혀 예상하지 못했던 일이었다. 애가 셋인 아줌마가 되어 버린 마당에 꿈이라니! 나는 꿈에 대해 생각해 본 적이 없었다. '멋진 엄마가 되는 것'이라고 대답은 했지만 참 어설픈 대답이었다. 하지만, 이 어설펐던 대답으로 인해 나는 꿈을 가진 아줌마가 되었다. 나에게는 '멋진 엄마'라는 꿈이 생긴 것이다. 나의 심장이 뜨거워짐을 느꼈다.

많고 많은 꿈 중에 또 엄마가 되는 것이 꿈이라니! 누가 보면 비웃을지 모르는 소박한 꿈일지 몰라도 나에게는 큰 의미로 다가왔다. 아이와 함께 성장하는 엄마. 말만 앞서는 것이 아닌, 성장하는 모습을 직접 보여줄 수 있는 엄마. 이런 엄마의 모습을 보고 자란다면 아이들은 자연스레 성장할 것이라는 믿음이 생겼다.

'멋진 엄마'가 되는 것이 꿈이라고 해서 엄마의 역할만 잘하는 사람이 되고 싶다는 것이 아니다. 엄마라는 단어가 들어가 있지만 알고 보면 '나'의 성장에 초점을 맞춘 꿈이다. 내가 엄마라는 사실은 달라질 수 없는 절대 불변의 사실이다. 나는 항상 1+3이다. 나에게는 소중한 삼 남매가 있다. 나의 상황과 나라는 사람을 생각해 봤을 때, 엄마라는 단어는 나를 더 빛나게 해주는 단어이다. 이러한 나의 상황을 고려하여 갖게 된 꿈이 바로 '멋진 엄마'이다.

꿈을 가진 사람은 자존감이 높아지고 행복지수가 높다고 한다. 나 역시 꿈이 생긴 이후 하루하루가 행복했다. 내 꿈을 꼭 이룰 것이라는 확신을 했다. 아이 셋을 키운 엄마인데 못 할 것은 없다는 자신감이 넘쳤다. 어떤 어려움이 오더라도 결국 해낼 것이라는 믿음이 있었다. 꿈을 꾸게 되면서 진정한 나를 만날 수 있었다. 나에 대해 생각하고, 내가 좋아하는 것, 내가 할 수 있는 것 등에 관해 생각했다. 가슴 속 깊이 숨겨 두었던 나의 꿈을 꺼낼 시간이 온 것이다.

꿈을 꾸는 것 자체가 행복했다. 꿈을 이루기 위해 노력하는 과정만으로도 벅찬 기쁨이 느껴졌다. 나의 꿈인 멋진 엄마가 되기 위해 나의 성장에 힘을 썼다. 사람들을 만나 가벼운 수다로 시간을 버리는 일을 멈추었다. 나라는 사람을 들여다보는 시간을 가졌고, 내가 할 수 있는 영역의 일들을 생각했으며 그에 맞는 공부를 계속했다. 새로운 것에 도전하는 것을 두려워하지 않았다. 도전은 두려움의 대상이 아닌, 설렘의 대상이라는 것을 이제는 잘 안다. 나의 성장이 곧 아이들의 성장이라는 것 또한 알고 있다. 아이들을 성장시키고 싶다면 꿈을 가진 엄마가 되어야 한다.

그리고 그 꿈을 이룰 수 있도록 부단히 노력하며 성장해야 한다.

"엄마. 이번에는 또 무슨 공부야? 엄마 나이에 엄마처럼 공부하는 사람도 없을 것 같아."

"엄마는 정말 대단한 것 같아. 이렇게 꿈을 꾸고 행동으로 옮기는 엄마가 자랑스러워!"

"엄마는 한다고 하면 하는 사람이라는 것을 이제는 알아. 항상 응원할게!"

내가 새로운 것에 도전한다는 사실을 알게 되면 아이들의 반응은 이러했다. 제주도 한 달 살기 숙소 운영을 한다고 이야기했을 때, 자격증을 따겠다고 이야기했을 때, 대학원에 진학해 더 깊이 공부하고 싶다고 이야기했을 때, 책을 쓰고 작가가 되겠다고 이야기했을 때도 아이들의 반응은 비슷했다. 아이들은 엄마의 꿈을 항상 응원하고 지지해 준다.

처음부터 그랬던 것은 아니다. 아이들의 눈에 처음 내 모습은 '본인 생각만 하는 엄마'라는 느낌으로 다가왔을 것이다. 하지만 내가 성장하고 끝까지 해내는 모습을 보며 아이들의 마음에는 확신이 생겼을 것이다. '성장하는 엄마, 꿈을 가진 엄마'는 아이들의 눈에도 멋진 엄마임이 틀림

없다.

여성학자 박혜란 님의 책을 보면, 아이들은 부모가 믿어주는 만큼 자란다고 한다. 엄마도 아이들과 마찬가지로 가족들이 믿어주는 만큼 성장하는 것 같다. 부모가 아이들의 꿈을 응원해 주듯 아이들이 엄마의 꿈을 응원해 준다면 지금보다 더 나은 내가 되어 있으리라 생각한다. 가족의 지지와 응원은 나를 성장하게 만든다. 아이들이 외쳐주는 "화이팅!" 한마디는 나를 꿈 꿀 수 있게 해준다. 엄마가 꿈을 꾸고 성장하는 모습을 보여준다면 아이들 역시 꿈을 꾸고 성장하게 된다. 꿈을 가진 엄마와 그런 엄마를 응원해 주는 아이들. 성장하는 엄마와 함께 성장하는 아이들. 환상의 짝꿍이다.

나는 오늘도 아이들의 응원을 받으며 책을 쓰고 있다. 공저 작업으로 첫 책을 출간했을 때, 결국 나는 아이들에게 멋진 엄마로 인정받았다.

"엄마! 진짜 축하해! 엄마는 평소에도 무엇이든 도전하는 모습이 멋있고, 그걸 본받고 싶을 때도 많아. 책까지 낸다는 것이 쉬운 일이 아닐 텐데…. 대단한 것 같아. 엄마 정말 멋있어! 엄마는 정말 멋진 엄마야! 나도 엄마처럼 그렇게 멋진 사람이 되도록 노력할게."

내가 꿈꿔왔던 멋진 엄마. 나는 앞으로도 더 멋진 엄마가 되기 위해 노력할 것이다. 엄마의 꿈을 응원해 주는 아이들이 있다면 그까짓 거~ 무조건 가능한 일 아닐까?

8

어른이 하는 대로 따라 하지 않는 아이는 없다

그녀는 17살 어린 나이에 엄마를 병으로 잃었다. 그녀에게는 세 명의 동생이 있었다. 엄마가 하늘나라로 떠났을 때 막냇동생은 고작 6살밖에 되지 않은 아이였다. 아내를 잃은 그녀의 아버지는 매일 술독에 빠져 하루하루를 보냈고 그녀는 아빠 대신 어린 동생을 돌보며 집안 살림을 맡게 된다. 실질적인 가장이 된 것이다. 어린 동생들을 돌보고 하루 종일 집안일을 하느라 손에 물이 마를 날이 없었다. 막냇동생을 돌보느라 제대로 학교에 가지도 못했다. 차디찬 물에 빨래하고, 농사일하고, 살림했던 그녀의 손은 상처투성이였다. 엄마가 사무치도록 그리웠을 그녀. 그녀의 하루는 힘듦과 절망이었다. 하루를 산다는 표현보다 버텨냈다는 표현이 맞아 보인다.

엄마가 미치도록 보고 싶던 그녀는 엄마가 잠들어 있는 곳으로 갔다. 큰 소리로 엄마를 부르며 펑펑 울었지만, 아무런 대답도 돌아오지 않았다. 감나무 위에 밝게 빛나던 달만이 그녀를 지켜보고 있었을 뿐. 그녀의 곁에 엄마는 없었다.

누구보다도 힘든 어린 시절을 보낸 그녀는 성인이 되어 어느새 두 아이의 엄마가 되었다. 결혼하고 아이를 낳았지만, 그녀의 삶은 크게 바뀌지 않았다. 지독한 시집살이가 그녀를 기다리고 있었기 때문이다. 상상 이상의 시집살이로 그녀는 점점 말라만 갔다. 힘든 날들의 연속이었지만 그녀는 꿋꿋하게 삶을 살았다. 그녀에게는 두 아이가 있었기 때문이다. 여전히 힘든 삶을 살고 있는 그녀에게 힘을 주는 유일한 존재인 아이들. 그녀는 두 아이를 위해 입술을 깨물며 고단했던 삶을 버텼다. 그런데 그녀의 불행은 그것으로 끝이 아니었다. 그녀가 힘을 낼 수 있었던 유일한 존재였던 아이가 하늘의 별이 된 것이다. 첫째 아이를 잃은 그녀는 더 이상 버틸 힘이 남아 있지 않았다. 세상에 태어나 단 한 번도 편안한 삶을 살아보지 못했던 그녀. 지지리 복도 없던 그녀는 지독한 우울감에 빠지고 모든 것을 포기하려 했다. 하지만, 그녀에게는 한 명의 아이가 남아 있었다. 아직은 어린 둘째…. 그녀는 아이를 위해 다시 힘을 내기로 한다. 그녀에게 자식은 인생이었고 삶의 전부였다.

그녀는 나의 친정엄마다.

"나처럼 복 없는 년은 세상천지에 없을 것이야. 부모 복이 없어 어릴 때부터 동생들 키우느라 고생하고, 이제 내 새끼들이랑 행복하게 살아보자~ 했더니, 새끼가 먼저 하늘로 가버리고…. 그때는 이렇게 사는 것이 최선이라 생각했지만 돌이켜보니 내가 뭘 했나 싶네. 어느 순간 보니 내가 없더구나. 동임아~ 너는 엄마처럼 살지 말거라. 엄마처럼 다 포기하고 희생만 하면서 살지 말고 날개를 달고 훨훨 날아다니며 살아."

"엄마처럼 살지 마." 친정엄마는 내가 어릴 때부터 매일 이렇게 이야기하셨다. 가족을 위해 본인의 삶을 희생하며 살았던 탓이다. 엄마는 그것이 정답이라 믿고 칠십 평생을 그렇게 사셨다. 지금도 여전히 자식밖에 모르는 분이다. 그런데 이런 엄마가 당신의 딸인 나는 당신과 같은 삶을 살기를 원치 않으신다. 당신의 딸인 나는 날개를 달고 훨훨 날아다니며 살길 바라고 계신다. 나는 친정엄마의 마음을 알고 있다. 같은 여자로서, 같은 엄마로서 친정엄마의 마음을 느낄 수 있다. "엄마처럼 살지 마."라는 한 문장에 어떠한 마음이 담긴 것인지를 잘 알고 있다.

나는 엄마처럼 살지 않기 위해 노력했다. 사실 엄마처럼 가족을 위해 희생하고 나를 포기할 만큼의 깜냥도 되지 않는다. 나는 삼 남매에게 "엄마처럼 살지 마."가 아닌, "엄마처럼 살아."라는 말을 해주고 싶었다. 엄마의 인생을 부정하는 모습을 보여주고 싶지는 않았다. 어떻게 해야 "엄마처럼 살아."라는 말을 당당하게 할 수 있을지 고민했다. 고민 끝에 내가 내린 결론은 '내가 먼저 보여주기'이다. 아이들에게서 보고 싶은 행동, 아이들에게 듣고 싶은 말 등을 내가 먼저 하는 것이다. 책을 잘 읽는 아이로 키우고 싶다면 부모가 책 읽는 모습을 보여줘야 하는 것처럼 나부터 행동하고 실천하기로 했다.

나는 삼 남매가 행복하길 바란다. 도전을 통해 하루하루 성장하길 바란다. 실패를 두려워하지 않는 단단한 마음을 갖길 바란다. 이러한 나의 마음을 담아 내가 먼저 보여주기 시작했다. 실패라는 단어를 두려워하지 않는 내 모습을 보여주었다. 새로운 것에 도전하고 공부하며 성장하는 모습을 보여주었다. 이런 내 모습이 삼 남매에게는 더 이상 낯설지 않다. 꿈을 꾸고 그 꿈을 이루기 위해 노력하는 나의 모습도 이제는 당연하다 느낀다. 이런 엄마의 모습을 보고 자란 아이들은 자연스레 엄마를 따라 그렇게 자란다.

나는 여전히 삼 남매에게 "너희도 엄마처럼 살아!"라는 말을 자주 한다. "엄마처럼 살아."라는 말이 엄마의 삶과 인생, 모든 것을 똑같이 하라는 말은 아니다. 강요하는 것도 부담을 주려는 것도 아니다. 다만, 아이들에게 부끄럽지 않은 어미의 모습을 보여주고 싶을 뿐이다. 아이들 앞에서 당당하게 이 말을 외칠 수 있도록 노력하는 것이다. 나는 이 말에 신뢰를 줄 수 있도록 지금도 노력 중이다. 삼 남매는 내가 하는 이 말을 부정하지 않는다.

지금까지 보여준 나의 모습이 나쁘지는 않았나 보다. 아이들의 도덕성과 행복감은 물론, 생각과 행동까지 부모의 모습은 아이들에게 큰 영향을 준다. 아이들이 올바르게 성장하길 바란다면 엄마인 나부터 올바르게 성장해야 한다고 생각한다.

나는 "너희는 엄마처럼 살지 마."가 아닌, "너희는 엄마처럼 살아!"라는 말을 끝까지 할 수 있는 엄마가 되고 싶다. 내 마음대로 되는 자식은 없지만, 나를 본받는 자식은 있다는 말을 항상 기억하려 한다. 삼 남매가 본받을 행동을 하는 엄마. 쉬운 일은 아니겠지만 노력하는 모습으로도 본이 될 것이라 믿는다.

"어른 말을 잘 듣는 아이는 없다. 하지만 어른이 하는 대로 따라 하지 않는 아이도 없다."라는 제임스 볼드윈의 명언에서 알 수 있듯이 어른이 하는 대로 따라 하지 않는 아이는 없다. 나는 삼 남매에게 인생의 선배이자 동반자로서 본보기가 될 수 있는 엄마가 되고 싶다. 나의 삶을 부정하고 후회하는 엄마의 모습은 보여주지 않으려 한다. 나의 인생과 삼 남매의 인생을 위해 나는 오늘도 성장하고 있다. 아이들에게 "엄마처럼 살아."라는 말을 당당하게 외칠 수 있는 멋진 엄마. 바로 나. 빵점 육아를 하는 300점 엄마이다.

300점 엄마의 빵점 육아는
현재 진행형입니다

기숙사에 있던 큰아이들이 집에 돌아오는 주말이면 조용했던 집이 북적거린다. 다섯 식구가 함께 앉아 저녁을 먹고 이야기와 웃음으로 가득 차는 주말. 그날도 별다른 것 없이 시끌시끌했던 날이었다.

"엄마~ 엄마~!"

설거지하고 있던 나를 부르는 막둥이의 목소리에 뒤를 돌아본 순간

그대로 무너지고 말았다. 소파 위에 쓰러져 있던 막둥이를 붙잡고 소리를 질러댔다. 숨도 쉬지 못하고 축 늘어져 있는 녀석을 보며 내 숨도 멈추는 것만 같은 공포를 느끼는 순간이었다.

몇 년 동안 큰 걱정 없이 잘 자라주고 있던 아이였다. 악하고 느리지만 조금씩 꾸준히 성장하고 있던 셋째였다. 이제 괜찮아졌으려니 생각하고 마음을 놓았던 탓일까? 엄마의 관심이 더 필요했던 것일까? 갑작스러운 아이의 모습을 보고 나는 또다시 무너지고 말았다. 오랜 시간 웃음으로 가득했던 내 얼굴엔 다시 눈물이 흘렀다. 헤아릴 수 없을 만큼의 아픔을 겪었지만 내 심장엔 굳은살이 생기지 않았다는 것을 알게 된 순간이었다. 책을 쓰겠노라! 마음먹고 초고를 90% 완성했던 그날, 나의 아픔과 고통은 다시 시작되었다.

그날 이후, 한 글자도 쓸 수 없었다. 하루하루가 지옥이었다. 이젠 눈물도 말라버렸다 생각했지만, 끝도 없이 눈물만 흘렀다. 잘 자라주고 있는 셋째를 보며 이제부터 내 인생 살겠노라고 마음도 먹었었다. 하지만, 나와 셋째는 아직도 누가 이길지 모르는 싸움을 계속하고 있었다.

지독하리만큼 못된 엄마, 부족하고 부족했던 엄마였던 내가 완전히 다른 사람이 된 것은 셋째 덕분이다. 셋째가 없었더라면 지금의 나는 존재하지 않았으리라 생각한다. 이를 악물고 다시 정신을 차렸다. 아이에게 발현된 또 다른 질환이 무엇인지 알아내야만 했다. 셋째가 어릴 적 집처럼 드나들었던 서울의 병원에 가서 여러 가지 검사를 진행했다. 검사 결과 또 다른 질환이 발견되었다. 믿고 싶지 않았지만, 아이의 손을 잡고 이겨보겠다고 다짐했다.

나는 더 이상 셋째의 병을 숨기지 않는다. 시력이 안 좋으면 안경을 쓰고, 감기에 걸리면 약을 먹듯 우리 아이도 그저 조금 불편하고 조금 다를 뿐이라 생각한다. 나에게는 축복과 같은 아이이다. 셋째 덕분에 진짜 엄마가 되었고, 더 강한 엄마가 되었고, 멋진 엄마가 되었기 때문이다. 셋째는 지금의 우리를 만들어 준 귀한 존재이다. 책을 쓰겠다고 마음먹고 행동으로 옮길 수 있었던 것도 셋째 때문이라는 것은 변하지 않는 사실이다.

나는 포기하지 않았다. 다시 책을 쓰기 시작했다. 한 글자도 쓰지 못할 만큼의 슬픔을 누르며 묵묵히 초고 쓰기에 집중했다. 나의 경험과 깨달음이 담긴 이 책이 누군가에게는 큰 도움이 되리라 믿으며 끝까지 책 쓰기에 집중했다.

책을 쓰고 마무리하는 데까지 반년 이상이라는 시간이 걸렸다. 이번

책을 쓰면서 여러 가지 감정에 휩싸였다. 큰아이들에게 미안한 마음이 들어 반성문을 쓰는 것 같았고, 처절할 만큼 힘들었던 막둥이와의 시간이 떠올라 눈물을 흘렸다. 이렇게 나는 이 책에 모든 것을 쏟아냈다. 쉽지 않은 시간이었지만 이 시간으로 인해 조금 더 성장한 엄마가 되었음을 느낀다.

엄마인 내가 변하니 아이들이 변했다. 잔소리를 버리니 아이들이 웃었다. 아이들을 잘 키우는 것은 공부가 아니란 것을 알게 되었던 것. 아이들에게 친구 같은 엄마가 될 수 있었던 것. 나와 아이들이 함께 성장할 수 있었던 것. 나는 죽을 만큼 아프고 난 뒤에야 깨닫게 된 사실이지만 이 책을 읽게 될 엄마들은 나와 같은 실수를 하지 않길 바란다. 한 사람에게라도 도움이 되어 나와 함께 할 빵점 육아의 달인이 많아졌으면 하는 마음을 가져본다.

책을 쓰는 내내 멋진 조력자가 되어 주었던 38년 지기 친구이자 남편에게 진심으로 감사하다. 마땅한 작업실이 없다고 투덜거리자, 안방 한쪽에 뚝딱~ 작업실을 만들어 주는 남편. 내가 무엇을 하든지 믿어주고 응원해 주는 참 고마운 사람이다. "엄마는 진짜 멋져! 엄마의 꿈을 응원해!"라며 엄마를 힘껏 응원해 주는 이 책의 주인공들이자 내 사랑 삼 남매에게도 고마운 마음을 전하고 싶다. 욕심만 가득했던 부족한 나를 멋진 엄마로 만들어 준 삼 남매. 오늘도 나에게 조기 퇴근을 선물해 주는 삼 남매에게 사랑 가득 담아 마음을 전한다. 그리고 절대 내가 따라갈 수 없는 자식 사랑을 보여주시는 엄마와 누구보다도 나를 사랑해 주셨던 하늘에 계신 아빠에게도 감사를 전한다. 우리 며느리가 최고라며 여기저기 자랑을 하시는 시어머니와 시아버지, 작가라는 이름으로 제2의 인생을 살 수 있게 해주신 우희경 작가님, 내 원고를 예쁘게 봐주시고 책으로 나올 수 있게 도와주신 미다스북스 출판사에도 감사를 전한다. 마지막으로 빵점 육아의 달인이 될, 이 책을 손에 쥐고 계신 독자분들께도 감사의 마음을 전한다.